일단 떠나자

뉴[illegible] 호주로 (개정판)

김재영 지음

함께 한 친구이자 가족이자 키위

김민성/조성목

일단 떠나자1 - 뉴질랜드와 호주로

발 행 | 2022년 12월 29일
저 자 | 김재영
펴낸이 | 한건희
펴낸곳 | 주식회사 부크크
출판사등록 | 2014.07.15.(제2014-16호)
주 소 | 서울특별시 금천구 가산디지털1로 119 SK트윈타워 A동 305호
전 화 | 1670-8316
이메일 | info@bookk.co.kr

ISBN | 979-11-410-0918-2

www.bookk.co.kr

24돌을 맞은 키위 하나와
23돌을 맞고 있는 키위 둘에게
이 책을 바칩니다.

그러던 그들이
어느덧
25돌을 맞은 키위 하나와
24돌을 맞고 있는 키위 둘이 되었습니다.
그리고 가족 구성원도 늘어났습니다.

목차

0. 책을 쓰다.

1. 서울

2. 오클랜드

3. 와이토모

4. 로토루아

7. 마운트쿡

8. 퀸즈타운

9. 호주 시드니

10. 일상으로의 여행 시작

0. 책을 쓰다.

2019년 08월 05일부터 08월 19일까지의 뉴질랜드와 호주 여행은 끝이 났다. 그때의 여행은 이제 추억으로 남았고, 사진과 영상으로만 경험할 수 있는 사건이 되었다. 그렇지만 단순히 2019년이라는 시기가 끝이 났다는 뜻으로 해석하고 싶다. 여행은 사실 이제 시작했고, 어쩌면 진행 중이기 때문이다. 여행을 함께했던 민성이와 성목이와의 만남은 해가 지나도 계속되고 있다. 그리고 앞으로도 다음 여행을 계획하고 있다.

우리는 여행을 참 좋아한다. 여행이 단순히 향락의 목적을 채우기만이 아니라 세상을 새롭게 보고, 넓게 이해하고 미래를 생각하게 해주는 과정 일부라고 생각한다. 특정한 목적을 위해서 여행을 하기보다, 삶의 흐름 중의 일부로 여행을 받아들이는 느낌이다.

책을 굳이 쓰지 않아도 이미 충분히 친구들과 함께한 뉴질랜드와 호주 여행

은 나의 마음속에 좋은 추억으로 생생하게 살아있고, 가득하다. 솔직히 이것만으로도 충분할 수도 있다. 그렇지만 책이라는 여정이 추억을 더욱 소중하게 만드는데 일부라고 생각했다. 아름답고 생생한 이 추억을 마음속에만 품고 있자니 너무 간질간질했던 것도 문제이다. 당장에라도 튀어나올 것 같은 뉴질랜드와 호주에서의 기억들을 잠재우고 싶었다.

평소에 언젠가는 책이라는 것을 써보고 싶었는데, 기왕 처음 쓰는 거 내가 아끼고 좋아하는 기억들로 내용을 구성하고 싶었다. 기억이라는 것이 한계가 있을 수밖에 없다. 서서히 잊히는 순간들도 있을 것이고, 왜곡되는 순간들도 있을 것이다. 어떤 식당에서 어느 자리에 앉아서 무슨 음식을 먹었는지 같은 잔상들은 점점 희미해지고 있다. 책은 이를 사전에 막을 수 있는 수단 역시 되었다.

구체적으로 책을 쓰겠다고 마음을 먹게 된 것은 2020년 08월 05일에 여행 1주년이 되었을 때다. 핸드폰으로 오래된 사진을 추억하라고 알림이 뜨길래 사진을 보았다. 그때의 추억들을 회상해보니 기억의 망각이 완전히 진행되고 있지는 않은 듯싶었다. 아직 생생한 기억들이 머리와 가슴에 춤을 추고 있었다. 여기에 우리가 찍었던 사진과 영상들을 보니 너무 생생한 나머지, 책이라는 매체를 통해서 글로 남겨두지 않으면 안 되겠다는 생각이 들었던 것이다. 일기를 써 놓은 것이 없어서 그 당시의 감정을 떠올리는 것이 힘들 줄 알았는데 생각보다 수월했다.

문제가 되는 것은 나의 빈약한 필체와 내용, 그리고 편집 구성력일 것이다. 책을 쓰는 일이 생각보다 고단한 일이라는 것을 깨달았다. 머릿속에서는 영상 보듯이 그날의 사건이 춤을 추지만, 막상 글을 쓰면 딱딱한 글자와 언어로 남았다. 나의 글쓰기 한계를 몸소 느낄 수 있었다. 그렇지만 앞으로 계속 극복해나가면 될 일이라고 생각한다.

책을 쓰면서 느낀 또 다른 한 가지는 내가 생각보다 맞춤법을 많이 틀린다는 것이다. 생활에서 자주 쓰는 말이 일본으로부터 비롯된 말이거나, 한국어와는 어울리지 않는 말이 많았다. 반성이 되었다. 한국어를 아름답게 쓸 수 있도록 앞으로 계속 갈고 닦을 것이다.

책의 서술 양상은 2019년에 있었던 뉴질랜드와 호주 여행에 관한 추억에 대해서 썰을 푸는 것이다. 관광홍보 책이나 뉴질랜드, 호주 소개를 위한 책은 아니라는 것을 서두에 밝혀둔다. 그래서 관광지에 대한 소개가 많이 부족하다고 느껴질 수도 있다.

다른 말로, 불친절한 느낌을 받을 수 있다. 그도 그런 것이 관광지 이야기를 하다 보면 우리의 재밌고 끝없는 이야기 흐름이 깨질 것 같았기 때문이다. 그저 어느 곳을 갔을 때, 우리가 가졌던 감정이나 했던 일들, 주고받았던 이야기 등을 주저리주저리 풀어나갔다. 너무 과하다 싶은 구체적인 사건들도 적었고, 제3자 처지에서 전혀 관심이 없을 법한 내용도 있을 것으로 생각한다.

그러나 개의치 않다. 이건 어디까지나 민성, 성목 그리고 나의 이야기이고, 글을 써나가는 사람은 나라는 인물이기에 내 방식을 고집할 것이다. 그래서 일부러 TMI 형식을 취했다. 글의 흐름이 자연스럽지 않아 보이고, 의식의 흐름대로 흘러가는 것처럼 느껴진다면 나의 목적이 달성된 것이다. (사실 나의 부족한 필력에 대한 변명의 일부이기도 하다.)

부족함을 앞으로 계속 수정하며 나아갈 작정이다. 어떤 책이든 초판이 있기 마련이다. 그 초판은 미숙할 수밖에 없다고 생각한다. 그리고 그만큼 순수한 매력이 있다. 이 매력으로 밀고 나가보겠다. 넓은 아량으로 이 책을 접해준다면 우리의 여행에 이입할 수 있을 것이다.

사실 무엇보다 책을 쓰게 된 가장 커다란 목적이 있다. 그것은 바로 11월 14일을 기리기 위함이다. 여행 일원이자, 든든한 친구이자, 귀여운 키위 가족의 아기. 민성 생일 축하해.

22년이 되어 필체와 본문 디자인을 수정하여 개정판으로 다시 출판하게 되었다. 내용을 건드리지도 않았고, 사진에 어떠한 편집 과정을 거치지도 않았다. 날 것 그대로의 재미를 다시 한 번 느낄 수 있을 것이다.

"여행이 단순히 향락의 목적을 채우기만이 아니라 세상을 새롭게 보고, 넓게 이해하고 미래를 생각하게 해주는 과정 일부라고 생각한다."

1. 서울

(1) 키위의 서막

사람들은 여행을 다녀왔을 때 '호(好)'의 감정이 들었으면 대체로 그 여행지를 추천해준다. 나에게 이 뉴질랜드와 호주 여행은 엄청나게난 '호'였다. 그렇지만 평소에 사람들에게 이 여행을 추천하지 않는다. 왜냐하면, 여행이 너무 행복했기에 이 행복을 나만 누리고 싶었기 때문이다. 모순이 아닐 수 없다. 간혹 '나만 알고 싶은 맛집', '나만 알고 싶은 노래'등등의 말들이 사용되는데 이번 여행도 그 하나의 예가 된 것 같다.

아무리 그래도 역시 좋은 경험은 나눠야 하는 법이다. 오랜만에 만난 사람이든, 매일 보는 사람이든 누구든지 대화를 하다 보면 어느 순간 뉴질랜드, 호주

여행 이야기를 하는 나 자신을 발견할 수 있었다. 그것도 엄청나게 술술 말한다. 곱씹으면 곱씹을수록 아름답고 행복한 여행이었다. 그래서 이 아름다운 추억을 책으로도 담는 중이다.

우리 키위 가족의 구성원은 김민성과 조성목 그리고 나, 타칭 우주 최강 멋쟁이들로 구성되어 있다. (그 외에도 키위새와 알파카 등등도 포함되어 있지만 일단은 제외하겠다. 22년 기준으로 새로운 멤버가 생기기도 했다.)

[성목, 재영, 민성.]

키위 가족이라는 명칭은 뉴질랜드에서 생겼다. 뉴질랜드에는 세 가지 키위가 있다. 첫째는 키위새이다. 한때는 멸종위기에 처하기도 했으나 현재는 그 수가 날로 늘고 있다고 하니 다행이다. 비록 실제로 보지는 못했지만 매우 귀여울 것으로 예상된다. 하나같이 키위새 인형들이 귀여웠기 때문이다. 귀여운 것은 못참기 때문에 키위새 인형만 종류별로 5개나 샀다. 둘째는 키위새와 닮았다 하여 이름 붙여진 과일 키위이다. 마지막으로 셋째는 뉴질랜드인을 애칭으로 부르는 말인 키위(Kiwis)다.

이처럼 뉴질랜드에는 세 가지 키위가 있다. 아니 있었다. 이제는 네 가지 키위가 있다고 한다. 넷째는 바로 우리들이다.

우리가 다니는 학교 사정 상, 해외여행을 함부로 가지는 못한다. 몇개월 전부터 계획서를 짜고 높은 분의 승인을 받아야 갈 수 있다. 그리고 갈 수 있는 날은 정해져있다. 방학이 일 년에 두 번 있는데, 각각 3주, 4주씩이고, 해외를 가게되면 마지막 날로부터 3일 전에는 한국에 입국해 있어야 한다. 그래서 더욱 방학이 소중할 뿐만 아니라 해외여행도 특별하게 다가온다.

이렇게 값진 기회에 더해서 마음이 잘 맞는 키위들끼리 함께한 여행이었기에 더할 나위 없이 소중했다. 여행을 하면서 경제적으로 부족함이 없었기 때문에, 그리고 우리들의 여행이 워낙 운이 좋아서 더욱 좋고, 긍정적으로 여행이 비춰졌을지도 모른다. 그러나 여러가지를 떠나서 무엇보다 나는 우리 키위 가족들 때문에 행복했다.

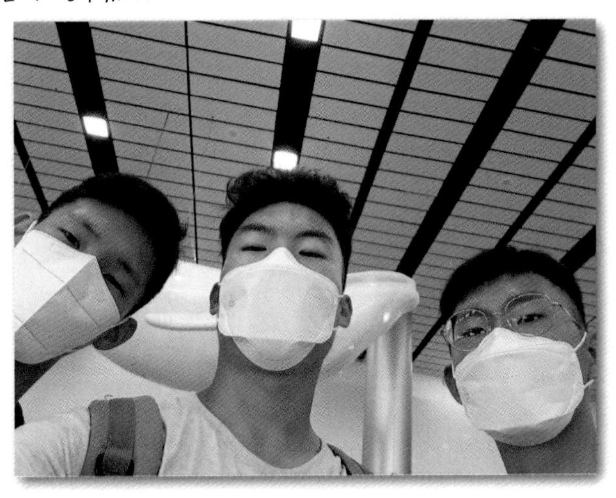

[2020년 코로나19 시대의 우리들]

"뉴질랜드에는 세 가지 키위가 있다. 아니 있었다. 이제는 네 가지 키위가 있다. 네 번째는 바로 우리들이다."

(2) 남반구 정복 계획

여행지를 어디로 할 것이냐가 문제였다. 행복한 고민이었다. 어디든지 갈 수는 없었다. 외교부 지정 여행 유의 이상 등급의 지역은 갈 수가 없었다. 갈 수 있는 나라들을 추려보니 여러 가지 국가들이 나왔다. 그러나 단 한 단어가 한번 내뱉어진 후부터 우리는 거기에 푹 빠져버렸다. 그 단어는 바로 남반구이다.

방학은 8월에 3주 동안이었다. 무더위가 예상되는 시기였다. 남반구는 이 무더위를 피할 수 있는 최적의 장소임과 동시에 특히 청춘일 때 가보고 싶었던 곳이었다. 그중에 우리는 뉴질랜드를 선택했다. 엄청나게 큰 땅덩어리들을 우리는 모두 돌아볼 작정이었다. 여행에 나이는 중요하지 않다만 체력에서 나이는 중요하므로, 안 그래도 좋은 체력을 가지고 있을 때 뉴질랜드의 모든 곳을 털기로 마음먹었다. 그것도 대중교통으로만.

사실 처음에는 캠핑카 여행을 추진했었다. 민성이만 운전면허가 있고, 뉴질랜드는 심지어 운전석이 우리나라와 반대인데도 말이다. 그러나 아쉬운 것인지 다행인 것인지 국제면허의 한계에 걸려서 캠핑카 계획은 보내버렸는데, 지금 생각해보니 좀 무모한 계획이기는 했을 것 같다. 그래도 아직 캠핑카로 해외여행을 하고 싶다는 마음은 여전히 있다.

학교에서 얻은 것들이 몇 가지 있지만, 그 중 단연 가장 소중한 것이 있다

면 여행 메이트 민성, 성목이다. 서로 스타일이 너무 잘 맞고 정말 가족같다. 실제로 우리는 가족처럼 행동한다. (한 명이 아기 역할을 하고 있다.)

보통 친구들끼리 여행 가자는 말을 하면 말로 끝나는 경우가 대다수다. 실행을 즉각적으로 하지 않으면 그대로 흐지부지된다. 혹여나 우리도 그럴까 봐 허겁지겁, 어쩌면 충동적으로 2019년 01월에 바로 비행기를 예약해버렸다. 일단 비행기를 예약하면 뭐 어떻게든 되겠지 이런 생각이었다. 그러나 사실 이는 위험부담이 있는 행동이었다. 해외여행이 학교에서 승인이 나지 않으면 안 되는 것이었기 때문이다. 그래도 우리는 밀고 나갔다. 이때부터 예감이 좋으리라는 것을 예감한 것 같다. 게다가 비행기 표를 싼 값에 구할 수 있었다.

나라를 정하니 어느 지역을 다닐지 정하는 것은 별로 어렵지 않았다. 단순했다. 큼지막한 도시들은 전부 가기로 했다. 뉴질랜드 책을 한 권 구매했더니 뉴질랜드의 큰 지도가 있었다. 이 지도를 펼쳐놓고 구글 리뷰와 대조해가며 리뷰가 많은 곳을 표시했다. 이제 이 표시들을 정복만 하면 되는 것이었다.

[19.05.08. 역사적인 여행 회담.]

비행기 예약을 할 때 고민스러웠던 것이 있다. 남반구를 털 때 뉴질랜드만 갈 것이냐, 호주도 갈 것이냐의 문제였다. 뉴질랜드와 호주 모두 땅덩어리가 너무 컸기에 두 개의 나라를 선택하면 놓치는 게 많을 것 같았기 때문이다.

그러다가 결국 뉴질랜드에 치중하기로 했다. 그래도 호주를 놓치기는 너무 아까워서 호주는 시드니만 가기로 했다. 한국에서 뉴질랜드로 갔다가, 뉴질랜드에서 호주로 넘어가고, 호주에서 한국으로 오는 일정이었다. 지금 생각해보니 역사적으로 위대한 선택이었다. 총 3번의 비행을 하는데 100만 원 정도 들었다. 저렴하게 예약한 것 같다.

"그래도 우리는 밀고 나갔다. 이때부터 예감이 좋을 것이라는 것을 예감한 것 같다."

(3) 키위의 역사는 이미 진행중.

인천공항에서 설레는 마음으로 보험을 들고, 데이터 문제를 해결했다. 입국 절차를 밟기 전에 한 한국인에게 사진 촬영을 부탁했다. 그리고 자세를 취하는데 이때 딱 느낌이 왔다. 여행이 시작됐구나. 생생하게 시작하는 느낌이었다.

사실 여행은 계획을 세울 때부터 시작이기는 하다. 그러나 막상 여행 가방을 들고 사진을 찍으려고 하니 그동안의 모든 설렘이 하나로 모여서 팡 터지는 것 같은 기분이 들었다. 이때의 사진을 시작으로 우리는 어마어마한 양의 사진을 찍기 시작한다. 그리고 우리의 여행 과정을 영상으로 만들면 재밌겠다는 생각이 들었다. 그래서 인천공항 문밖으로 나갔다. 나가서 흔히 예능에서 볼 수 있는 점프 순간이동 샷을 찍었다. 인천공항에서 점프하니 뉴질랜드 오클랜드에 도착해버렸다. 여행 중간 중간에도 영상을 많이 찍었는데 꽤 재밌게 잘 만들었다.

[19.08.05. 레전드의 시작.]

[19.08.05. 인천공항 앞에서 점프하면]

[19.08.06. 오클랜드 공항 앞에서 착지한다.]

우리는 중국남방항공을 타고 갔다. 우리나라 항공사를 이용하지 못한 게 괜히 좀 미안하고 아쉽긴 하다. 하도 일찍 예약하느라 그런 것도 있고 비행기 가격을 아껴서 여행하는 데 더 쓰자는 생각이 있기도 했다. 그래도 소문과 다르게 중국남방항공은 생각보다 괜찮았다. 짐들도 다행히 경유를 했음에도 잘 도착했다. 너무 걱정한 것인가. 기내식은 내가 원래 워낙 좋아하는 음식이라서 맛있게 잘 먹었다. 간식으로 하겐다즈가 나오기도 했는데 요즘 비행기 수준 참 높아졌구나 하는 생각이 들었다.

광저우로 5시간 정도 날아서 경유를 하러 왔다. 시간이 4시간 정도로 넉넉했다. 여기서 중국식? 햄버거로 배도 채웠다. 중국식 구조물들이 눈에 들어오기는 했지만, 곧 우리 눈앞에 펼쳐질 뉴질랜드의 모습이 아른아른 거렸기에 별 흥미가 없었다. 공항의 와이파이를 어떻게 겨우 획득해서 시간을 보냈다. 더는 못 참겠다 싶을 때쯤 탑승 게이트가 열렸다. 비행기에 타자마자 꿀잠을 잤다.

"그러나 막상 여행가방을 들고 사진을 찍으려고 하니 그동안의 모든 설렘이 느껴졌다."

2. 오클랜드

(1) 경유 후 남반구 도착

광저우에서 긴 시간 비행을 하고 드디어 저녁에 오클랜드에 도착할 수 있었다. 분명히 밤에 출발했는데 저녁에 도착하니 마음이 새로웠다. 사실 늦은 저녁은 아니었지만, 뉴질랜드는 시기상 겨울이라 해가 빨리 진다. 공항에 오클랜드 시내로 갈 수 있는 택시 같은 게 잘 되어 있어서 편안히 숙소까지 잘 갈 수 있었다. 15분 정도 들었다. 처음으로 영어를 쓰며 무엇인가를 한 일이었는데 순조롭게 진행되었다. 택시 예약을 하고 잠시 틈이 날 때 민성이와 성목이는 한국에서 미처 처리 못 한 유심 문제를 처리했다. 유심을 빼고 끼는 과정에서 새 유심을 잃어버릴 뻔했다. 등잔 밑이 어둡다는 말이 있는데 이는 조급할 때 더욱 그렇다고 생각한다. 워낙 작아서 떨어뜨렸는데 보이지가 않는

것이다. 그러나 이러한 상황에서도 우리는 항상 침착했다. 마음이 차분할수록 눈은 더욱 밝아지는 법이다. 얼마 못 가 빛나는 금속을 발견할 수 있었다. 다행히 제대로 유심을 끼우고 택시를 타러 갔다.

오클랜드에서 피부로 와 닿았던 최초의 실제 느낌은 냉기라고 할 수 있겠다. 피부로 서늘한 공기들이 계속해서 몰려오는데 닭살이 돋을 정도였다. 한국은 무더위로 고생하고 있을 텐데 추위가 걱정될 정도니 배가 부르긴 했나 보다. 이상하게 자랑스러운 마음도 괜히 들었다.

[19.08.06. 택시를 타고 오클랜드 리지스 호텔로 이동]

그래도 정반대 날씨가 설레면서 한편으로는 걱정되기도 했다. 너무 만만하게 옷들을 챙겨온 탓이다. 그나마 가장 따뜻한 옷이라고는 가디건이 전부였다. 심지어 이 당시 내 복장은 민소매였다. 솔직히 이런 차림으로 3주를 버틸 수는 없었기에 중간에 잠바를 사야겠다는 생각을 했다. 로토루아에서 잠바를 사

기 전까지는 조금 춥게 보냈다. 그러나 언제 뉴질랜드까지 와서 춥게 지내보겠나 하는 생각을 하니 추위는 잊어버리고 마음은 훈훈해졌다.

오클랜드 리지스 호텔이 우리의 첫 숙소였다. 깔끔하니 하룻밤 편하게 자기 딱 좋았다. 몸이 조금 피로하기는 했지만 우리는 아직 젊었고, 누워서 자기에는 시간이 너무 아까웠다. 이제 여행을 시작한 첫날인 만큼 피로를 참고 신이 나게 달려보기로 했다. 호텔에서 서둘러 짐만 풀고 도심으로 나섰다. 이제는 어디를 가나 외국인들이었다. 정신적으로 영어를 장착시켰다.

[19.08.06. 오클랜드 길거리. 사람들의 옷이 두껍기도 하다. 그만큼 쌀쌀했다.]

"등잔 밑이 어둡다는 말이 있는데 이는 조급할 때 더욱 그렇다. 침착할수록 눈은 밝아지는 법이다."

(2) 오클랜드 밤은 이렇게 보낸다.

우리는 여행을 하면서 거의 매끼에 고기를 빠짐없이 먹었다. 우선 우리가 기본적으로 고기를 좋아하는 탓도 있고, 호주와 뉴질랜드의 스테이크가 싸고 맛있기 때문이었다. 그런데 사실 한국과 뉴질랜드 스테이크의 가격차이가 크게 차이 난다는 느낌은 별로 받지 못하기는 했다. 집에서 구워먹는 고기면 모를까 레스토랑에서 먹어서 그런가 보다. 점심 특별 메뉴가 아니면 가격은 30불 내외를 생각했어야 했다.

그래도 소문대로 역시 맛은 일품이었다. (어느 나라든지 마찬가지일 것 같기는 하다. 고기니까.) 나는 고기에 피가 나오는 것을 좋아한다. 그래서 항상 Rare나 Blue Rare를 주문해서 먹었다. 여행을 끝나고 알게 된 바로는 고기 부위마다 맛있는 굽기 정도가 있다는 점이다. 역시 아는 자가 더 즐기는 법이다. 다음에는 이런 것들을 알아보고 주문해야겠다고 다짐했다. 다음번에 참고하기 위해 이 글에 남겨본다. 참고용이다.

*스테이크 부위별 주문하면 좋은 굽기 정도

등심 (Sirloin) : 향이 풍부할수록 좋으니 Medium Rare 추천.

소의 허리 부분의 뼈가 붙은 T자형 (T-bone) : 오븐에서 골고루 구워지는 것이 좋고 Medium 추천.

치맛살과 소의 배 부분 (Bavette and flank steak) : 바비큐에 딱 맞으며 Medium Rare 추천.

허릿살 (Fillet) : 값비싼 부위이며 Rare 추천.

플랫아이언 (Flat-iron) : Medium 이상 추천. 그렇지않으면 약간 질길 수도 있다.

토시살 (Onglet) : Rare 이하로 덜 익히는 것이 좋다.

소 궁둥이 럼프 (Rump steak) : Rare 이하로 덜 익히는 것이 질기지 않게 먹는 방법이다.

[19.08.06 오클랜드에서의 첫끼]

와인에 대해서 잘 알지는 못했지만, 괜히 사람 편견이라는 게 어른이 되면 마실 줄 알아야 할 것 같은 것이 와인이었다. 그래서 와인이 유명한 나라에 온 만큼 와인에 대해 좀 친해져 보기로 했다. 달짝지근할 것 같은 와인은 생각과 다르게 씁쓸하고 시큼한 맛이었다. 물론 종류별로 맛도 다양하고 어울리는 음식도 다양하다. 상식적으로 고기와는 적포도주, 생선과는 백포도주가 어울린다는 정도는 알았다.

예전에 미국여행을 했을 때는 팁 문화가 있어서 계산할 때마다 은근히 골

칫거리였다. 그런데 뉴질랜드는 그런 문화가 딱히 없어서 편하고 좋았다. (어쩌면 있지만, 우리가 몰랐을 수도 있다.) 바가지 씌우는 문화도 없는 듯해서 참 깔끔하니 마음에 들었다.

고기의 맛에 대해서 평하자면 역시 고기 맛이다. 그러나 무엇보다 놀라운 것은 고기의 양이다. 사진상의 저 고기 하나로 일반적인 두 사람이 먹어도 배가 찰 정도의 크기였다. (사실 우리 기준으로는 배는 부르지 않겠지만, 코에는 붙일 수 있겠다.) 어쨌든 혼자서 한 그릇을 먹으면 정말 배가 부를 정도의 양이었다. 활동량이 활발한 우리인데도 말이다. 홍합 역시 담백하고 부드러우니 맛있었다. 뉴질랜드는 고기 못지않게 해산물도 유명한데, 맛도 좋았다.

뉴질랜드 레스토랑의 좋았던 점 중 양이 많다는 점 빼고 또 다른 한가지는 고기의 종류가 다양하다는 점이다. 양고기, 캥거루 고기, 쇠고기, 돼지고기, 악어 고기 등등 익숙한 고기들도 있지만, 처음 보는 고기들도 있었다. 이 동물들을 먹어도 되나 싶기는 했으나 다 한 번씩 먹어봤는데, 결과는 역시 고기는 고기였다. 느끼하지 않고 맛이 훌륭하다.

와인도 마시며 이런저런 이야기를 나누다 보니 시간은 훌쩍 지나가고 우리의 음식은 비워졌다. 식사를 마치고 거리로 나왔다. 거리는 대단히 조용했다. 우리가 생각하던 밤거리가 아니었다. 밤새 안전하게 흥겨운 나라는 역시 우리나라가 최고인 것 같다. 뉴질랜드는 밤의 휴식이 있는 나라라고 생각하게 되었다. 상점들도 거의 다 닫아서 구경할 수도 없었다. 뭘 하면 좋을까 싶었는데 저 멀리 높이 솟은 건물이 눈에 딱 들어왔다. 그나마 늦게까지 하는 건물이자, 오클랜드에서 가장 높은 건물인 스카이타워로 우리는 향했다.

스카이타워 전망대 입구에 왔다. 원래는 올라갈 생각으로 이곳에 왔는데 건물이 생각보다 높지 않아서 딱히 올라가고 싶은 마음이 들지 않았다. 그래서

건물 안에서 갈 수 있는 데만이라도 다 돌아다녀 봤다. 건물은 무슨 카지노와 함께 있었다. 우리는 애초에 카지노에 입장할 나이도 되지 못했었기에 아쉽지만 아쉽지 않은 마음을 뒤로한 채 전망대로 향했다.

입장권을 내지 않고서 갈 수 있는 곳은 기념품점이 전부였다. 그래도 전경이 담겨있는 포토존도 있어서 마치 다 본 것 같은 느낌을 받을 수 있었다. 여기서 아낀 돈으로 내일은 더 맛있는 것을 먹을 생각이다. 그래도 아직은 여행 초반이라 돈이 두둑하다. 언제까지 경제적 풍요로움이 갈지는 모르겠지만 돈보다 우리의 재미와 욕구 충족이 우선인 만큼 걱정하지는 않는다. (든든하게 경제적 지원을 해주신 부모님께 감사드린다.)

[19.08.06. 스카이타워 전망대 대충 찍은 모습.]

조용한 오클랜드의 밤에 최대한 활발하게 놀 수 있는 것들을 찾으러 돌아다녔다. 오클랜드 시내 길 찾는 방법은 스카이타워를 기준으로 찾으면 쉬웠다. 스카이타워 근처에 무슨 그물로 된 놀이기구도 있었다. 사진을 찍지 않아서 묘사를 하고 싶은데 이것이 참 애매하다. 느낌으로 말하자면 굉장히 짜릿해 보였다. 다음날 시간이 있으면 타보려고 했는데 춥기도 하고, 개장 전이라서 타지는 못했다.

[19.08.06. 공짜로 스카이타워 구경하기.]

[19.08.06. 쌀쌀하다. 그러나 우리의 열정은 뜨겁다.]

조금 걷다가 얼마 안 가서 우리들의 발걸음을 멈추게 한 장소가 있었다. 바로 볼링장이다. 해외여행까지 와서 웬 뜬금없이 볼링장이느냐고 할 수 있겠지만 우리는 바로 그 뜬금없음을 즐기는 사람들이다. 그리고 또 언제 뉴질랜드에서 볼링을 쳐보겠나 싶어서 바로 달려갔다. 뭐든지 의미부여 하기 나름이다.

볼링장의 구조나 문화는 우리나라와 거의 똑같았다. 우리나라도 물론 있지만, 우리가 간 곳의 볼링장은 클럽 분위기의 볼링장이었다. 노래가 엄청나게 크게 빵빵하게 울리고 사람들끼리 수다를 엄청나게 한 곳이었다. 밖은 그렇게 고요하더니 그 침묵을 참지 못하고 발산하러 온 사람들이 다 여기로 모이는 듯싶었다. 그리고 볼링장만 있는 것이 아니라 이 장소에 당구장도 있고 노래방들도 있었다. 더욱이 이 건물에 영화관도 있었다. 알고 보니 *Multi Complex* 센터였나 그랬다.

[19.08.06. 당연하지만, 이제는 모든 것이 영어다.]

선불제였다. 우리는 볼링을 두 번 칠 수 있는 금액을 결제했다. 가격은 한국과 비슷하거나 조금 더 비쌌던 것 같다. 그러나 분위기가 정말 신이 나고 좋은 의미로 시끌벅적해서 좋았다. 특히 주위의 볼링을 치는 사람들과 친해질 수 있는 분위기이기도 해서 기억에 남는다. 서슴없이 우리에게 사진을 찍어달라고 하는 등 되게 열려있는 분위기를 느낄 수 있었다. 그래서 우리도 옆에서 볼링을 치는 커플에게 사진을 찍어달라고 했다. 돌이켜보건대 사진을 찍어달라고 한 시점에 이 커플은 싸우고 있었는데도 사진을 흔쾌히 찍어주었다. 아직도 사랑을 잘 이어나가고 있으실지 궁금해진다.

[19.08.06. 대충 이런 모습이다. 저 멀리 앞 스크린에서는 팝송 뮤비가 흘러나온다.]

우리가 묵는 숙소에는 침대가 2개였지만 우리의 인원은 3명이다. 1개는 큰 크기여서 2인용, 나머지는 1인용이었다. 볼링 결과로 일인용 침대 결정권을 가지기로 했다. 우리 셋 다 한국에서 치던 것에 비해 정말 못 쳤다. 역시 내기를 해야 더 재밌는 법이다. 정말 유쾌하게 볼링을 쳤다. 1등은 성목이가 해서 여행 중에 처음으로 1인용 침대를 쓰게 되었다.

뉴질랜드 오클랜드 볼링장에서 볼링을 재밌게 칠 수 있었다는 사실 자체로도 즐거웠다. 그러나 사실 이 볼링장에서 얻은 최고의 수확이 있다. 바로 우리의 인생팝송을 찾았다는 것이다. 한 번 듣고 단번에 반해버려서 바로 '빅스비'에게 물어봤더니 그녀가 알려준 노래이다. 제목은 *Olly Murs*의 *Trouble Maker*이다. 일단 노래 자체가 신이 엄청나고, 중독성이 있다. 나는 지금도 흥얼흥얼 거린다. 이 노래는 여행 내내 우리를 따라다녔고, 우리 여행의 대표곡이 되었다. 여행하면서 계속 노래를 틀고 따라 불렀다.나는 아직 이렇게 신이 나고 좋은 노래를 찾지 못했다.

[19.08.06. 오클랜드 볼링장 접수.]

볼링을 두 판 치고 나왔는데 역시 뭔가가 부족했다. 여행 시작이기도 해서 열정이 넘쳤다. 그래서 또 무작정 걸었다. 우리는 걷기를 굉장히 잘한다. 잘하기도 하고 좋아하기도 하다. 평소에도 정말 많이 걷는 훈련이 돼 있기 때문이다. (걷는 훈련을 따로 한다는 말은 아니다.)

[19.08.06. 우리가 볼링화를 신으면 감성이 된다.]

[19.08.06. 재영, 성목, 민성.]

걷다 보니 강인지 바다인지가 나왔다. 그 앞에 젤라또 가게가 있었는데 닫기 직전이었다. 그래도 기어코 들어가서 우리가 마지막 손님이 되어 젤라또를 사서 먹었다. 무엇인가 하고 싶거나 먹고 싶다는 마음이 조금이라도, 아주 조금이라도 생기면 주저하지 말고 해야 한다. 그리고 먹어야 한다. 특히 여행이라면 말이다. 그렇지 않으면 아쉬운 마음이 계속 있을 것이고 이 아쉬움은 '할 걸' 하는 후회로 남을 것이 분명하기 때문이다.

[19.08.06. 먹어도 먹어도 배가 부르지 않지는 않지도 않는 것이 아니라 그렇지 않지 않다.]

쫄깃한 젤라또를 먹으며 여유롭게 이야기도 하고 걸어 다녔다. 추위를 막을 수 있는 벤치에도 앉아서 강인지 바다인지 하는 물을 바라보았다. 여행이 시작되었다는 사실을 새삼 깨달으니 설렘도 함께 꿈틀거렸다. 젤라또를 다 먹고 걸어 다니다 보니 우리는 또다시 스카이 타워 앞에 도착하게 되었다.

오클랜드 시내는 결국 이 타워로 통하나 보다. 어쩌면 이 타워는 사람들의 발걸음을 행하게 하는 마력이 있던가. 바로 근처에 우리의 숙소가 있어서 이제는 휴식을 취하러 숙소로 갔다.

사실 우리 셋이서 한방에서 자는 것은 익숙하다. 이번 여행을 위한 예비 여행을 몇 번 간 경험이 있었기 때문이다. 춘천에서 열린 '스파르탄 레이스'를 같이 나가기도 했다. 이 말을 꺼낸 이유는 며칠 밤을 같이 보내도 우리는 편안하고 푹 잘 수 있다는 것을 말하기 위함이다. 독자 처지에서 별로 궁금하지는 않겠지만 말이다.

"무엇인가 하고 싶거나 먹고 싶다는 마음이 조금이라도, 아주 조금이라도 생기면 해야 한다. 그리고 먹어야 한다."

3. 와이토모

(1) 눈과 귀가 호강하는 인터시티 버스

뉴질랜드가 관광의 나라답게 지역을 이동하는 교통수단이 잘 갖춰져 있다. 우리는 여러 버스가 있는데 그중에서 인터시티 버스를 선택했다. 뉴질랜드의 굵직한 모든 도시는 이 버스를 통해 다 갈 수 있었다. 예약 사이트가 굉장히 깔끔하고 간단해서 예약하기도 편했다. 이 버스 예약의 장점은 여러 지역별로 여행 계획을 하며 유동적으로 예약할 수 있다는 점이었다. 너무 간단해서 정말 이게 당일에 갈 때 명단이 잘 돼 있을까 걱정이 될 정도였다. 걱정이 실현되는 일은 없어서 다행이다. 너무 신기하게도 모든 명단에 우리 이름이 있었다. 이것이 21세기 정보 형명 시대의 좋은 모습이다.다만 우리의 한글 이름이 영어로 발음하기 힘든지 다들 우리의 이름을 이상하게 부르고는 했다. 그 점이 오히려 재밌고 친근하게 다가왔다.

오클랜드는 정말 아쉽지만, 하루가 채 지나가기도 전에 떠나게 되었다. 뉴질랜드를 짧은 시간 안에 모두 돌아다녀 보기 위한 아쉽지만 치러야 할 기회비용이라 생각하기로 했다.

우리는 아침 일찍부터 일어나서 버스를 타러 나왔다. 오늘은 와이토모에 가는 날이다. 아침에 일찍 일어났지만, 여유가 많지는 않았다. 그래서 조식 대신에 버스 정류장을 가다가 보이는 곳에서 가볍게 아침을 해결하기로 했다.

근처에 빵집이 있었다. Barby 아저씨가 하는 제과점이었다. 독특한 향이 느껴지는 빵들이 많아서 우리의 식욕을 단번에 자극했다. 시간이 없었기에 빵을 사서 포장을 하고 버스에 탑승했다. 버스에서 먹어야 했기에 이 맛있는 냄새가 다 풍길까 봐 허겁지겁 입에 넣었다.

[19.08.07. 맛있는 향이 떠오른다.]

인터시티 버스의 장점일 수도 있지만 잠을 잘 때는 큰 단점이 되는 게 있는데 바로 버스 운전사께서 많은 말씀을 하신다는 점이다. 스피커로 가이드 역할을 계속해주신다. 좋게 생각하면 영어 듣기 능력이 향상되는 기분이 들기도

했다. 그러나 한번 들리지 않기 시작하니 끝없이 들리지 않기도 했다. 이게 잠만 자려고 하면 방송이 나와서 잠을 잘 수 없는 환경이 되기도 했다. 그래도 재밌는 추억이었다. 버스 운전사께서도 되게 유쾌하신 분들만 만나서 이동 과정 내내 즐겁기도 했다.

그런데 사실 잠을 자지 않는 게 이득이다. 아니 잠을 이룰 수가 없다. 왜냐하면, 창밖의 풍경이 너무나도 아름답기 때문이다. 흔히 뉴질랜드 풍경을 구글에 검색했을 때 나오는 사진들을 버스 안에서 다 볼 수 있다. 굳이 자연경관을 찾아 나설 필요도 없이 인터시티 버스만 타고 북섬에서 남섬으로 쭉 이동하는 것도 상당히 좋은 생각인 것 같다. 넓고 푸른 초원에 많은 동물들이 여유를 부리는 것이 기본 풍경이었지만, 늘 같지만은 않았다.

[19.08.07. 이렇게 아름다운 무지개가 우리를 반겨주었다.]

아름다운 풍경들이 끝없이 다양하게 이어졌다. 중간에는 물개들이 누워있는 해안가도 지나갔었는데 아주 환상적이었다. 마운트쿡을 갈 때는 저 멀리 만

년설이 보였는데 그 아름다움을 말로 형용할 수가 없다. 그때의 감동을 어떻게 글로 써나가야 할지 모르겠다. 아름다움이라는 단어가 글자로만 존재하는 줄 알았는데 실제 대상에 대한 표현일 수도 있겠다는 생각을 이때 처음 했다.

몇 시간쯤 지났을까. 어떤 길 중간에 어중간하게 어딘가 도착했다고 방송을 했다. 느낌이 와이토모인 것 같았다. 우리는 큰 확신은 없었지만, 직감적으로 내렸다. 첫인상은 솔직히 너무 휑했다. 주변에 우리 숙소도 있어야 할 텐데 전혀 있을 것 같은 분위기가 아니었다. 그래도 우리 바로 뒤에 그 유명하다는 와이토모 동굴 표지판이 우리를 반기고 있어서 그나마 위안이 되었다. 이 동굴은 반딧불이 동굴로 유명한 곳이다. 사진으로 봤을 때 정말 예뻤던 곳이라 기대가 컸다.

[19.08.07. 영상을 어떻게 찍을까 구상하고 있다.]

매표과정은 상당히 단순했고 직원은 친절했다. 무엇보다 우리가 친절하게 다가가서 그런 것 같다. 이럴 때 한국의 친절함을 보여주는 것이야말로 진정한 애국의 방법이지 않을까 싶다. 짐들이 너무 많았기에 보관할 수 있는 곳을 물어봤더니 직원분께서 사무실에 그냥 보관하라고 하셨다. 그래서 감사하게

도 무거운 짐을 들고 다닐 필요 없이 동굴을 편안하게 투어할 수 있었다. 투어를 마치고 나서는 안전하게 돌려받을 수 있었다.

입장권은 세 가지 정도가 있었다. 아직 여행 초반이라 예산이 많이 남기도 해서 우리는 가장 비싼 티켓을 샀다. 이왕 보는 김에 와이토모의 모든 동굴을 털어보자 이 마음이었다. 가격은 100불이었다. 그렇지만 3개를 털어본 지금의 입장에서 저 때의 선택으로 돌아간다면 *Triple Cave Combo*를 또 택하지는 않을 것 같다. 한두 개 정도의 동굴만을 돌아보는 것을 추천하는 바이다.

[19.08.07. *Most Popular Combo*가 가장 괜찮은듯싶다.]

"아름다움이라는 단어가 글자로만 존재하는 줄 알았는데 실제 대상에 대한 표현일 수도 있겠다는 생각을 이때 처음 했다."

(2) Triple Cave Combo

우리가 산 티켓은 3가지 동굴을 구경하는 것이었다. 솔직히 말하면 3개는 너무 과했다. 물론 하나하나 예쁘고 반딧불이들이 신기하기는 했으나 조금 물리는 느낌이 있었다. 다 똑같은 동굴이었다. 그리고 따뜻한 옷을 준비하지 못한 탓에 추위에 떨기도 하고, 오랜 시간 걷느라 상당히 지치기도 했다. 막 엄청난 감동이 있는 것은 아니니 욕심을 버리고 관광하기를 바란다.

[19.08.07. 뭔가 뜬금없이 있는 조형물이라 뜬금없이 찍어보았다.]

그래도 3개의 동굴을 가는 덕분에 우리는 뉴질랜드의 모든 동굴을 다 털어서 본 것 같은 기분이 들었다. 뭐든 선택을 했으면 결과를 즐겨야 하는 법이니까. 우리는 즐겼다. 동굴을 들어갈 수 있는 시간은 무분별하지 않고 특정 시간이 정해져 있다. 우리는 10분 안에 첫 번째 동굴을 출발하는 그룹이 되었다. 대기하는데 생각보다 상당히 추워서 걱정이 되었다. 바깥도 이렇게 쌀쌀한데 동굴 속으로 들어가면 더 추울 것 같았다. 그렇지만 안심이 되던 게 그래도 내 앞에 반소매, 반바지를 입은 외국인 아저씨가 있었다. 덕분에 마음이 강해지기는 했다.

첫 번째 동굴은 사진촬영이 금지돼 있었다. 반딧불이들이 많이 살고 있어서 빛에 예민할 수도 있기 때문이다. 우리의 관광을 이끌어주신 분은 어떤 인상 좋으신 남자분이었다. 동굴 속을 걸어 다니다가 갑자기 우리를 멈춰 세웠다. 그러더니 빈 공간에 올라가 노래를 부르기 시작하셨다.

[19.08.07. 배 위에서.]

갑작스러워서 웃긴 분위기였는데, 그와 다르게 너무 감동적이고 감미로운 노래를 불러주셔서 순간 먹먹한 마음이 들기까지 했다. 동굴에서 본, 잊을 수 없는 작은 콘서트였다. 이런 아름다운 추억을 선사해주신 푸근한 가이드분께 감사하다.

[19.08.07. 물이 가득한 몽환적인 분위기의 동굴]

한 20분 정도 걸으면서 구경을 하다 보니 보트를 탈 수 있는 곳에 도달했다. 이곳부터는 배를 타며 반딧불이를 구경하는 곳이다. 즉 와이토모의 핵심인 장소이다. 하나라도 놓칠까 봐 눈을 부릅뜨고 봐야지 생각했었으나 생각보다 반딧불이가 엄청나게 많아서 눈만 떠도 볼 수 있는 정도였다. 태어나서 반딧불이를 처음 봤다. 이들이 내는 불빛은 초록색과 노란색을 합친 것 같은 영롱한 색을 만들어냈다. 덕분에 어두운 동굴이 어느 인공 빛없이 반딧불이의 빛에 의존하여 배는 이동하였다.

동굴의 물 색깔도 특이했다. 맑은 느낌도 아니고 예쁜 색은 아니었다. 동굴 색

이라 하는 것이 가장 적절해 보인다. 실제로 만져보기도 했는데 차가웠다.

[19.08.07. 어두운 데 있다가 나오니 세상 참 밝다.]

출구 쪽에 도달하니 이제야 사진촬영이 허가되었다. 사람들은 서둘러 카메라 셔터를 누르기 시작했다. 우리는 우리의 눈으로 마지막까지 동굴을 담았다. 친절하신 안내자께서 잘 인솔해주셔서 깔끔하게 첫 번째 투어를 마칠 수 있었다. 우리는 보트에서 가장 마지막에 내렸다. 그리고 우리 앞의 외국인에게 동굴을 배경으로 사진을 찍어달라고 했다.

다음 동굴로 가기 전에 점심을 먹기로 했다. 점심을 먹으며 몸도 녹일 필요가 있었다. 동굴에서 나가자마자 표지판을 따라 걸으면 야외 식당이 자연스럽게 나온다. 야외 식당이었는데도 어디선가 열기가 불어와서 따뜻했다. 음식을 주문하면 번호를 받게 되는데, 이 번호를 보고 친절하게 음식을 가져다주셨다. 맛있게 먹었다. 그리고 식당에 참새들이 정말 많았는데 서슴없이 사람들에게 다가온다. 빵 부스러기를 던져줬더니 좋다고 나한테 달려왔다. 귀엽긴

했다. 나는 이렇게 자연과 어울리고 같이 호흡하는 게 좋다.

[19.08.07. 참새들 대기 중.]

두 번째 동굴까지 가기 위한 픽업 차가 왔다. 차를 탄 사람은 우리 셋뿐이었다. 방금 동굴에서는 사람들이 많았는데 왜 다음 동굴로 가는 사람들은 없는 거지 의아했다. 10분 정도 차를 타고 갔다. 뉴질랜드는 어느 곳을 가도 차 안에서 바라보는 바깥 풍경은 아름다운가 보다. 어쩌면 우리나라도 사실 아름다운데 내가 미처 보지 못하고 놓치는 것일 수도 있겠다는 생각이 든다. 내가 관심을 어디에 두느냐에 따라 우리 눈이 받아들이는 것이 다르기 때문이다. 아름다움을 내 주변에서도 찾아보려 한다.

잠깐 오두막같이 생긴 건물에서 휴식을 취하고 동굴 투어를 떠난다고 했다. 우리보다 먼저 와서 투어를 기다리고 있는 한 외국인 가족이 있었다. 아마 독일계 외국인이었을 것이다. 우리 키위들과 독일계 외국인 가족만이 이 동굴을 투어 했다. 동굴의 이름이 기억이 나지 않는다. 뭐 와이토모에 있던 동굴 중 하나라고 만이라도 기억을 한다면 그게 정보고 사실이고 추억이 된다고 생각한다. 동굴에 입장하자마자 입장권에 있던 모습과 똑같이 생긴 곳을 내려갔다. 아래로 매우 깊숙이 내려갔어야 했는데, 이 길이 예뻤다. 내가 듣기도 세

계에서 손꼽는 깊은 동굴 중의 하나였다.

[19.08.07. 내려가는 길이 예쁘다.]

[19.08.07. 벌레가 있어도 즐길 건 즐긴다.]

동굴에서 정말 징그럽게 생긴 곤충이 있었다. 뉴질랜드 숲 속을 활보하고 다니는 곤충이었는데 끔찍하게 생겼다. 내가 원래 곤충을 별로 좋아하지 않은 탓도 있지만, 이 곤충은 마주칠 때마다 소름이 돋을 정도의 형상을 하고 있다. (자연과 어울리는 게 정말 좋다고 하던 나는 어디 가고 이 곤충만은 피하고 싶어하는 나로 잠깐 변했다.) 보통 이런 것은 사진으로 남기는데 그럴 여유조차 없었다. 이 무서운 것이 이 동굴 곳곳에 있었다. 기어 다니는 애도 있고 벽에 붙어있는 애도 있고, 심지어는 천장에 매달려서 언제 떨어질지 모르는 위협을 가하는 애도 있었다. 그러다 보니 어느새 동굴 투어가 동굴 탈출로 컨셉이 바뀌었다.

다행히 그 징그러운 곤충과 직접적인 접촉 없이 두 번째 동굴 투어, 아니 동굴 탈출을 마무리했다. 두 개의 동굴을 실컷 구경했지만, 우리에게는 한 개의 동굴이 더 남았다. 이때부터 우리는 지치기 시작했다. 이것이 세 가지 동굴 콤보 티켓을 권하지 않는 이유다. 다음 동굴까지 또 픽업 차를 타고 갔는데 이번에는 진짜 우리밖에 없었다. 규모가 크기도 해서 다른 관광객들이 또 와야 투어가 가능해 보였다. 그래서 우리는 다음 관광객들을 하염없이 기다렸다. 동굴 입구 바로 근처에 근사한 초원과 목조건축물이 있어서 그것들을 보며 힐링하면서 시간을 보냈다.

시간이 한참 지났다. 사람들아, 빨리 와라 외치려고 하는 순간에 관광객들이 오기 시작했다. 대부분 동양계 외국인들이었다. 이분들은 이 동굴이 첫 코스인 것처럼 보였다. 그들의 눈에 반짝이는 호기심들이 가득했기 때문이다. 이미 동굴 마스터의 자격을 가지고 있는 것 같은 우리와는 다른 반응이었다. 우리는 큰 기대는 하지 않고 여유롭게 관람을 하기로 했다.

마지막 동굴을 보기 위해서는 산을 타야 했다. 아직도 그 정체 모를 징그러운 곤충의 후유증 때문에 주변을 경계하며 걸어 다녔다. 실제로 여기에도 그 곤충은 많았다. 이 동굴을 보기 위해서는 기본적인 체력이 뒷받침되어야 할 것 같다. 꽤 높은 산을 오래 올라가기 때문이다. 우리야 평상시에 운동을 많이 해

서 괜찮았지만 무심코 온 사람들에게는 힘들었을 것 같다.

[19.08.07. 사진은 추억 일부니까 많이 찍었다.]

산을 오르내리면서 본 풍경들이 자연 그 자체를 보여주는 듯했다. 산을 타는 것이 우리에게는 억울하게도 익숙하다.

이번 동굴에는 재밌는 모양들의 석순과 종유석들이 많이 있어서 보는 재미가 있었다. 그리고 산 중턱에 위치해 있어서 그런지 동굴의 규모가 어마어마했다. 끝없는 동굴의 너비에도 놀랐다. 물론 우리나라 제주도의 만장굴을 이기기는 힘들 테지만 말이다.

[19.08.07. 산을 타도 즐겁다.]

[19.08.07. 동굴은 좋겠다 우리가 와서.]

[19.08.07. 우리의 사진 마스코트는 하트]

길고 길었던 세 가지 동굴 투어가 끝이 났다. 픽업 차를 타고 다시 매표소로 왔다. 맡겨 두었던 짐은 안전하게 잘 있었다. 짐을 찾고 숙소로 가야 하는데 여기서 살짝 막막한 부분이 있었다.

숙소까지 꽤 멀어 보였고, 따로 대중교통이 갖춰진 곳이 아닌지라 걸어가야 했는데 이미 지칠 만큼 지쳤기 때문이다. 주변에 모습은 숙소가 있을법하지 않았다. 그래도 걷다 보면 나오겠지 하며 지친 두 다리를 움직여서 걸었다.

우리는 긴 거리를 이동하기 시작했다. 중간에 도로가 끊기는 부분도 있어서 도로를 이용해야 하기도 했다. 다행히 차들이 거의 다니지 않아서 안전했다. 평소 찍어보고 싶었던 도로 한가운데서 사진을 찍어보기도 했다. 우리를 둘러싼 환경이 현실을 만드는 경향이 있겠지만, 우리는 오히려 상황을 만들어서 현실을 재미있게 바꿀 줄 아는 재능이 있는 것 같다. 어디서든 무슨 상황이든 웃으며 추억을 남겨 두었다.

[19.08.07. 어디서든 즐겁게 놀 수 있다.]

얼마나 걸었을까 궁금해질 찰나에 드디어 저 멀리 건물이 보이기 시작했

다. 안도의 한숨을 내쉬려는 순간 비가 내리기 시작했다. 하늘조차도 축하의 메시지로 비를 보내는 것인가. 다행히 도착하자마자 비가 내려서 다행이었다.

상황이 원하는 대로 흘러가지 않는 것처럼 보일 때는, 내가 의도했던 것처럼 바꿔 행동하면 된다. 우리는 드디어 그렇게 바라던 비가 온다며 임의로 생각하고 오히려 애처럼 신 나게 뛰어놀았다. 때마침 바로 앞에 놀이터가 있어서 더욱 그랬다. 놀이터를 보고도 그냥 지나칠 수는 없는 우리기에 조금의 시간을 이곳에 투자했다. 비가 막 오기 시작했는데도 금세 안개가 자욱해졌다. (우리가 둔하게 반응했던 것일 수도 있지만.)

[19.08.07. 놀이터는 놀으라고 있는 곳.]

요즘은 놀이터 문화가 사라지는 추세라서 참으로 안타깝다. 어릴 때 놀이터에서 정말 재밌게 놀았었는데 말이다. 이때의 추억이 오래 남는다. 동네 친구들과 따로 약속하지 않아도 놀이터에 가면 다 있고, 언제 합류해도 어색하지 않게 잘도 뛰어놀았었던 기억이 있다. 실제로 긍정적인 정서 함양에도 도움이 될 것 같다. 성인이 다 된 우리만 보더라도 그러니 말이다. 그런 것들을 바라고 논 것은 아니었으나, 우리 역시 긍정 에너지를 가득 채우고 숙소에 도착하게 되었다.

여행하면서는 꼭 기분이 좋아야 한다는 법은 없지만 나는 왜인지 여행만 하면 긍정적으로 바뀌는 것 같다. 그렇다면 일상이 부정적일까. 그렇지만은 않다. 긍정이야말로 여행이 지닌 특성 중에 대부분을 차지하는 하나인 것 같다. 여행이란 생각해볼 가치가 많은 주제이다.

[19.08.07. 이것이 뉴질랜드 가정집.]

숙소는 우리가 기대하던 뉴질랜드 가정집이었다. 가정집이라기에는 조금 큰 감이 없지 않아 있었지만, 실제 거주민의 집에 묵을 수 있어서 기대되었다. 나중에 저런 집을 나도 짓고 살고 싶다. 정말 딱 이상적인 구조였다. 들어가기도 전인데 편안해지는 그 기분을 잊을 수가 없다. 오랜 시간 걷느라 지쳐서 멀뚱멀뚱 멀리서 지켜보고 만은 있지 않았으나, 두고두고 보고 싶은 여유로운 집

이었다.

"상황이 원하는 대로 흘러가지 않는 것처럼 보일 때는, 내가 의도했던 것처럼 바꿔 행동하면 된다."

(3) 정이 넘치는 Waitomo Caves Guest Lodge

숙소에 들어가자 주인아주머니와 아저씨, 그리고 점잖은 고양이가 우리를 반겨주었다. 다들 너무 밝으시고 친절하셨다. 집이 굉장히 넓었다. 방 내부는 침대가 3개 있었다. 생각보다 너무 푹신해서 놀랐다.

그리고 샤워하기 아주 쾌적한 곳도 있었다. 우리가 온 날에 아무 손님들이 없었기 때문에 더욱 넓게 사용할 수 있었다. (원래는 옆 방과 같이 써야 한다.) 그나저나 짐을 풀어야 하는데 고양이가 너무 귀여웠다. 사람을 가리지 않아서 우리가 편하게 다가갈 수는 있었지만 그렇다고 우리에게 다가오지는 않았다. 멀리서 눈을 마주치며 애정을 계속 보냈는데 쉽지 않았다. 오고 가는 게 있어야지.. 키위 가족한테나 애정을 보내야겠다.

그렇게 짐을 풀고 잠시 휴식을 했다. 주인아주머니께서 우리에게 달콤한 핫초코를 타주셨다. 거실을 보면 누구나 딱 드는 생각이 있을 것이다. 바로 실내장식이 매우 멋지다는 점이다.

[19.08.07. 도도한 고양이. 이름이 있었는데 우리한테 애정을 안 줘서 까먹었다.]

이런 거실에서 우리는 아주머니의 정성 또는 우리의 정성을 마셨다. (어쩌면 우리가 타 먹었을 수도 있기 때문이다. 정확히 기억나지 않는다.) 우리나라도 물론 마찬가지지만 뉴질랜드에는 차(Tea)의 종류가 다양하다.

여러 차가 있었지만, 코코아가 아주 맛있어서 한 잔을 먹자마자 또 먹었다. 따뜻하니 아주 우리 몸을 녹여주고 피로가 싹 씻겨나가는 기분이었다.

충분히는 아니고 적당히 휴식을 취하고 나서 저녁을 먹으러 가기로 했다. 주인아저씨께 식당 추천을 받았다. 원래는 아저씨께서 좋아하시는 식당이 있는데 전화를 해서 물어보니 마지막 주문이 마감돼서 가지 못했다. 사실 대부분 식당이 문을 닫은 상태였다. 18시 정도 됐었는데 말이다.

[19.08.07. 우리가 마시는 것은 코코아가 아닌 정성과 사랑.]

대신에 다른 식당을 알아봐 주셨다. 전화까지 직접 하셔서 세 자리를 예약해주셨다. 정말 감사했다. 이러한 친절에 나는 쉽게 감동을 한다. 배려와 친절함은 사회를 아름답게 만드는 첫걸음인 것 같다. 나도 내가 먼저 친절을 베풀어보리라. 걸어서 10분 거리에 (우리가 걷는 속도 기준) HuHu 식당이라고 있었다. 안에는 은근 사람이 있었는데 다들 어디서 나타난 사람들인지 궁금했다. 밖에서 사람을 한 명도 보지 못했고 차가 지나다니는 흔적도 못 봤기 때문이다. 여기서 우리는 고추 참치볶음밥 같은 음식을 먹었다. 맛있게는 먹었는데 엄청나게 기억에 남는 맛은 아니었다. 그래도 시원하게 맥주 한 잔씩 마셔서 기분이 좋았다.

저녁을 먹고 나오니 더 어두워졌다. 그렇지만 그렇게 늦은 시간은 아니었다. 그러나 여기는 뉴질랜드다. 늦게까지 놀기는 힘들다. 그래도 바로 숙소로 돌아가기는 뭔가 아쉬워서 일단 돌아다녀 보기로 했다. 돌아다닐 때라고 해봐야 숙소 근처 작은 건물들이 다였다. 그 건물들을 쭉 가봤지만 다 닫혀있었다. 그나마 관광 인포메이션 이런 데가 열려있어서 잠깐 발을 들여봤지만, 재미는 없었다.

[19.08.07. 이렇게 보니까 또 먹고 싶네.]

그러다가 결국 숙소로 왔다. 술에 약하기는 한가보다. 아까 마신 맥주 한 잔 때문인지, 방에 들어오자 어마어마한 피로가 몰려왔다. 하긴 몸이 피곤하기는 했을 것이다. 게다가 여기 분위기에 젖으면 취할 수밖에 없다. 숙소는 와이파이가 오래간만에 빵빵하게 터져서 핸드폰을 조금 하다가 자고 싶었으나 그럴 겨를도 없이 잠에 빠져버렸다.

"배려와 친절함은 사회를 아름답게 만드는 첫걸음인 것 같다. 나도 내가 먼저 친절을 베풀어보리라."

4. 로토루아

(1) 지옥의 온천에 간 천사들

눈을 뜨자마자 바깥을 바라보니 안개가 자욱했다. 내가 평소 원하던 그림이 눈앞에 펼쳐지고 있었다. 안개가 자욱하고 평화로운 새소리를 들으며 아침을 보내는 것 말이다.

화장실을 가려고 방문을 여는데 어디선가 고소한 냄새가 풍겨왔다. 우리를 애타게 기다리고 있는 조식이었다. 이것이 뉴질랜드식 아침인가. 안 그래도 개방형 주방이 멋있게 꾸며져 있는데, 여기에 입맛을 돋게 하는 아침까지 있으니 완벽했다. 주방은 어쩜 이렇게 깔끔하게 정리할 수 있지 할 정도로 가지런했다.

주인아주머니께서는 우리에게 신경을 많이 써주셨다. 이미 식탁에는 계란 후라이와 베이컨, 그리고 토스트와 시리얼의 전형적인 외국 식사가 준비되었다.

토스트를 먹을 때 갖가지 잼을 발라서 먹었다. 정말 다양한 잼들이 많았다. 뉴질랜드는 이러한 잼이 유명하다고 한다. 물론 모두가 맛있는 것은 아니었다. 그러나 최고의 맛을 내는 잼도 있었다. 잼의 매력에 대해 알게 된 우리는 꾸준히 잼을 사서 기회가 있을 때마다 빵에 발라먹기도 했다.

시리얼은 종류가 다양했는데 역시 맛있었다. 나는 시리얼을 좋아해서 원래도 자주 사 먹는다. 한국에서도 팔면 인기가 많을 것 같은 시리얼들이 많았다. 아쉽게도 한국에서 보지는 못한 시리얼들이었다. 정말 맛있는 맛이 있었는데 그것의 이름을 알아내지 못했다. 조금 한으로 맺혀있다.

[19.08.08. 눈앞은 뿌옇지만, 앞길은 환하길.]

[19.08.08. 이런 거실 분위기 좋다.]

[19.08.08. 별거 아닌 것처럼 보여도 확실한 별거다.]

아침을 든든히 먹고 짐 정리를 좀 했다. 오늘은 인터시티 버스를 타고 오전 10

시쯤 로토루아로 이동한다. 버스를 타기 위해서는 어제 와이토모 동굴 매표소까지 가야 한다. 우리의 경험상 그곳은 여기서 꽤 멀다.

어찌할까 생각하다가 때마침 주인아주머니께서 우리에게 어떻게 갈 것인지 물어보셨다. 걸어간다고 말씀드렸더니 웃으시면서 어떻게 걸어나느냐, 자신이 태워주겠다고 하셨다. 정말 너무 감사했다. 끝까지 우리에게 친절과 감동을 선사해주셨다.

다음에 와이토모에 또 오게 된다면 여기 숙소를 이용할 것 같다. 역시 웃음과 함께하는 친절은 그 무엇도 이길 수 없고, 사람의 마음을 한순간에 누그러뜨리는 것 같다.

아주머니 덕분에 정말 편하게 버스 정류장까지 왔다. 차를 타면서도 어떻게 이 거리를 걸어왔지 싶었다. 생각보다 훨씬 더 먼 거리였다. 키위들과 함께라면 힘든 것도 잊나 보다. 예상보다 일찍 도착해서 몇십 분 여유 시간이 남았다.

어제 잠깐 눈여겨봤던 산책길을 가보기로 했다. (우리는 뭐든 허투루 보지 않는다. 언젠가는 쓸모가 있겠지 하며 주위를 잘 살피고 기억해둔다.) 가다 보니 무슨 험난한 산으로 이어지는 길이 있었다. 느낌상 갔다 와도 버스를 놓치지 않을 것 같았다. 그래서 그 많은 짐을 들고 산을 올랐다. 어제 비가 내렸었어. 흙은 질퍽거리고 길은 미끄러웠다. 간혹 물웅덩이도 있어서 뛰어서 건너야 하는 곳도 있었다. 조금이라도 한눈팔면 넘어져서 진흙탕에 빠질 판이었다. 장담하건대 이곳을 왔다 간 사람은 세계에서도 손꼽을 것 같다. 나름 비밀통로로 되어있어서 눈에 띄지도 않는 곳이고 꽤 험난하다. 역시 우리는 세계에서도 손꼽는 인물들이다. 아니 우주에서도. (우리는 원래 이렇게 노니, 익숙해지시기를 바란다.)

[19.08.08. 몽환의 숲 입장.]

어찌어찌 힘들게 정상에 왔다. 버스 시간도 있고 해서 여유롭게 오르지는 못했다. 정상에 도착하니 여기가 현실세계인지를 잊을 정도로 몽환적인 공간이 펼쳐지고 있었다. 비유를 해보자면 반지의 제왕이나 나니아 연대기 영화 속 장면 같았다. 실제로 여기서 찍었을 수도 있겠다는 생각이 강하게 드는 것이, 이러한 영화들이 뉴질랜드에서 촬영하기도 했기 때문이다. 나중에 시간이 될 때 이 영화들을 다시 돌려봐야겠다. 뭔가 맞는 것 같다. 영화를 봤는데 이 몽환의 숲이 나온다면 기분이 되게 묘할 것 같다.

정상에는 엄청나게 크고 오래된 나무가 가운데에 우뚝 서 있다. 보기만 해도 웅장해지는 나무였다. 이 나무는 얼마나 많은 인고의 세월을 보냈을까. 경의의 눈빛을 보냈다. 이러한 곳에서 사진을 안남길 수가 없다. 핸드폰을 삼각대에 거치시키고 타이머를 이용해 사진을 찍었다. 핸드폰을 거치한 자리와 사진을 찍는 곳까지의 거리가 상당히 있었지만 10초 안에 달려가서 찍을 수 있었다. 10초라는 시간은 짧지만 긴 시간이다.

[19.08.08. 아무리 10초여도 우리는 한다.]

시간에 맞게 하산을 했고, 성공적으로 올바른 버스를 잘 탈 수 있었다. 신 나게 로토루아로 달려왔다. 그렇게 오래 걸리지는 않았다.

로토루아의 첫인상은 굉장히 이국적이다가 맞는 것 같다. 도로를 사이에 두고 상가들이 양쪽에 이어지는데 굉장히 깔끔했다. 길거리에 쓰레기가 없고 청결하기도 했다. 뭔가 마음이 정화되는 기분이었고 좋은 일만 가득할 것 같

다는 기분도 느꼈다.

그리고 무엇보다 날씨가 아주 좋았다. 왜 좋은 날씨는 우리만 따라다니는 것인지. 여행에서 기분을 좌지우지하는 것 중 대부분은 날씨가 차지하는데 이미 기분 좋음을 반 먹고 로토루아 여행을 시작할 수 있게 되었다.

[19.08.08. 몽환의 숲이란 여기.]

셀카봉으로 아래서 위로 갈 때는 로토루아, 위에서 아래로 갈 때는 다른 지역, 이렇게 해서 또 영상을 찍었다. 나중에 영상으로 만들어보니 훌륭했다. 나중에 작정하고 우리가 여행 영상을 만드는 일을 해도 잘할 것 같다는 생각이 든다. 나중에 뭉치자 애들아.

[19.08.08. 뉴질랜드 특: 그냥 찍어도 작품. 거기에 우리가 나오면 예술]

[19.08.08. 마치 뮤직비디오의 한 장면]

지금까지 계속 외국이었지만, 로토루아는 특히 더 외국 같은 곳이었다. 이곳에 오니 새로운 마음이 들기도 했다. 다시 새로운 나라로 여행을 온 것 같은 느낌이랄까. 아니 그냥 지역을 옮긴 것뿐인데 우리의 시야는 착시효과를 당하고 있다. 여행을 끝내고 글을 쓰는 지금의 처지에서 보면 뉴질랜드는 지역마다 특징이 명확하고 다 다른 느낌이 난다. 뭐 뉴질랜드만의 특징은 아닐 수도 있으나 적어도 우리가 여행한 뉴질랜드는 그랬다.

우리의 숙소는 *Holiday Rotorua*로 아파트 형식의 숙소였다. 현관문도 비밀번호로 잠겨있어서 아무나 출입할 수 없었다. 현관문이 닫혀 있어서 연락하니 어디선가 주인이 오셨다. 이제는 아무렇지도 않게 영어로 통화도 한다. 주인께서는 우리를 친절하게 방으로 안내해 주셨다. 방에 들어오니 정말 쾌적했다. 그리고 무엇보다 집이 넓었다. 방이 3개나 있어서 개인당 하나의 방에서 잘 수도 있었다. 그러나 우리는 이 많은 방을 나두고 하나의 방에서 자는 해프닝을 겪게 된다. 자세한 사건의 경위는 이후에 작성하겠다.

와이토모 숙소의 조식만으로 하루를 버티기에는 뉴질랜드에서 너무 사치다. 먹을 것이 천지인 이곳에서는 밖에서 먹을 수 있는 한 계속 먹어줘야 직성이 풀렸다. 그게 여행이다. 짐을 서둘러 풀고 우리는 점심을 먹으러 나왔다.

숙소 근처의 예쁜 거리를 걷다 보니 이탈리아 식당이 보였다. *'Cicco'*라는 곳이었다. 때마침 배가 너무 고팠기에 별생각 없이 식당에 들어갔다. 동굴같이 어두운 분위기에 큰 화로가 있어서 우리를 따뜻하게 해주었다. 그리고 *Lunch Special* 메뉴가 잘 되어 있었다. 그런데 그런 것들을 떠나서 아르바이트 누나가 정말 예뻐서 우리 셋 다 말을 잃었던 소소한 기억이 있다. 물론 항상 이러고 끝낸다. 여행은 우리끼리 하는 것이니 서로에게 집중하기 위해서였다.

음식은 기름기가 많아서 금방 배가 찼다. 뉴질랜드에서 여러 레스토랑을 돌아다녀 보니까 감자튀김이 그 식당의 맛을 결정할 수 있다는 사실을 깨달았

다. 마치 우리나라에서 짜장면의 맛은 단무지의 맛을 보거나, 국밥의 맛은 깍두기 맛을 보면 알 수 있듯이 말이다. 통통하고 바싹해 보이는 감자튀김은 먹기도 전에 우리에게 기대감을 안겨준다.

[19.08.08. 좋았다, 여러모로.]

지역을 옮겼을 때 우리가 지금까지 공통으로 했던 일이 있다. 바로 정처 없이 돌아다니는 것이다. 물론 이른 아침부터 움직이고 장거리 버스를 타느라 휴식이 필요하기는 했다. 체력이 거의 방전이었다. 그렇지만 계속 움직이는 것이 여행에 대한 예의라고 생각했기에 또다시 걸었다. 우리는 생각한다. 고로 여행한다.

돌아다니다 보면 기념품점이 정말 많이 보인다. 사실 관광객들이 정말 많으므로 이런 곳이 많은 건 당연한 것 같다. 우리는 발걸음의 재촉에 못 이겨 기념품점에 계속 들어갔다. 꼭 구매를 위한 목적이 아니라 기념품점은 해당 지역의 문화와 특산물을 볼 수 있는 체험의 장이 될 수 있다.

어느 한 기념품점에서는 우연히 키위새 인형과 운명적 만남을 하게 된다. 나와 성목이는 이 키위새 인형을 보자마자 너무 귀여워서 푹 빠져버렸다. 아까 식당의 아르바이트 누나가 생각나지 않는 그런 충격적인 귀여움이었다. 그래서 바로 하나씩 샀다. 때마침 1+1 행사 상품이어서 저렴한 가격으로 샀다. 운명적 만남은 이렇게 우연히 이루어지나 보다. 지금도 이 글을 쓰는 노트북 옆에도 이 키위새는 앉아있다. 정말 귀여운 녀석이다. 내가 인형을 이렇게 좋아하게 될 줄은 몰랐다. 사실 나라를 여행하면서 나라별로 인형을 하나씩 꼭 사기는 했다. 뭔가 행복한 인형의 표정을 보면 심리적으로도 안정되는 느낌이 든다.

정처 없이 돌아다니기는 했으나 사실은 여행사를 찾아다녔다. 그러다가 한 곳을 발견했다. 우리는 *Hell Gate* 라 불리는 머드 온천을 가고 싶었기 때문이다.

여행사 안으로 들어가니 역시 로토루아의 관광지이다 보니까 헬게이트 사진이 크게 걸려있었다. 예약은 손쉽게 할 수 있었다. 예약하면 픽업 차량과 해당 입장권까지 준다. 입장권은 영수증 형식이었다. (이 영수증을 잊지 말고 잘 챙겨야 한다.) 다음 날은 호빗 투어를 할 예정이었기에 헬게이트를 무조건 오늘 가야 했다. 다행이면서 한편으로는 아쉬운 시간대가 딱 하나 남았다. 바로 30분 정도 후의 마지막 시간대였다. 갑자기 준비하고 떠나야 한다는 게 아쉬웠지만 우리는 덜컥 예약해버렸다.

티켓을 발급받기 전에 우리에게 수건이 필요했다. 그리고 차량은 10분 안에 온다고 한다. 심지어 이 차량은 오늘의 마지막 차량이었다. 다행히도 숙소가 여기서 근처였기 때문에 우리는 빨리 뛰어서 수건만 가지고 오겠다고 했다. 직원분들은 가능할까 고개를 갸우뚱하셨다. 그렇지만 우리의 신조가 있는데 그것은 '안되면 된다.' 이다. '안 되면 되게 하여라' 가 아니다. 해보지 않았으니 될지 안될지 모르지 않는가. 그렇다면 이왕 생각하는 거 하면 된다고 생각하자. 무작정 뛰었다. 때로는 무식한 방법이 잘 통하는 법이니. 생각보다 순조롭고 오히려 우리에게 활력을 주었다. 수건을 챙기고 돌아오는데 그냥 뛰어가기 심심해서 영상까지 찍으며 뛰어봤다.

[19.08.08. 급해도 급하지 않게.]

허겁지겁 달려가니 차가 하나 있었다. 직원분들이 우리를 보자마자 바로 차에 타라고 했다. 우리도 워낙 서둘러 왔기 때문에 정신없이 차에 탔다. 그리고 차는 출발했다. (무엇인가를 잊었는지도 잊은 채..) 중간에 멕시코인이 탔는데 그 장소가 Red Wood이라는 곳이었다. 굳이 이곳을 얘기하는 이유는 정말 멋있는 곳이었기 때문이다. 빨간 나무들이 규칙적으로 배열되어 있는데 그 모습이 정말 장황하고 희귀한 모습이었다. 꼭 다시 한 번 와서 보고 싶은 풍경이

었다. 그래서 내일 다시 와보기로 우리는 암묵적인 합의를 했다.

머지않아 헬게이트에 도착했다. 그런데 한 가지 문제가 생겼다. 바로 헬게이트 표를 사놓고 막상 받지를 못했던 것이다. 영수증이 나온 것은 보았는데 받은 기억은 없었다. 직원분들이 뽑아서 주지 않았던 것이다.

우리는 여행을 시작하고 첫 번째 당황을 하게 된다. 그러나 당황만 하면 어쩌리. 문제 해결을 당장 해야 한다. 헬게이트 직원에게 우리의 사정을 말씀드렸다. 영어 단어들을 최대한 조합해서 말한 것 같다.

정말 다행히도 인도계 직원은 친절했다. 이곳저곳에 전화를 해보시더니 "Okay"라 말하며 우리에게 영수증처럼 된 티켓을 주었다. 다행이었다. 원하는대로 원활하게 해결이 되었다. 그는 티켓을 건네고는 몇 가지 주의사항들을 알려주고 깔끔하게 우리를 보냈다. 마감 시간이 얼마 남지 않았으니 서둘러야 한다는 말도 했다. 약 30분 정도가 남았는데 이 시간 안에 구경을 마치고 온천까지 모두 끝내야 했다. 그렇지만 우리는 3분만 줘도 샤워하고 옷까지 입었던 사나이들이다. 할 수 있었다.

입구로 들어가자마자 우리는 지금껏 절대 봐오지 못한 돌들과 연기의 조화를 볼 수가 있었다. 그래서 입이 떡 벌어질 찰나에 우리를 덮치는 것이 있었으니 바로 유황 냄새이다. 달걀 썩은 냄새가 난다. 찜질방에서 달걀을 맥반석 해먹으려고 나두었다가 까먹고 몇 년을 두었을 때 날 법한 냄새였다. 온 천지에 이 냄새가 나고 있었다. 생

각해보니 로토루아 시내에서도 심상치 않게 나던 냄새가 이것이었을 것이다. (나중에 알고 보니 시내에도 머드 온천이 있었다.) 이 냄새는 지역을 옮겨서도 우리를 따라다녔다. 그리 적응이 되는 냄새는 아니고 친절한 냄새도 아니었다.

그래도 지금 생각해보니 되게 향수를 불러일으키는 냄새이기는 했다.

헬게이트에서 자연의 무시무시함을 느꼈다. 아무리 인간들이 노력한다고 해도 자연이 한 번 제대로 화를 내면 감당해 내기는 힘들 것 같다. 우리가 한없이 작은 존재로 느껴졌다. 그렇지만 그렇다고 해서 주눅이 들 필요는 전혀 없다. 자연과 함께하며 우리의 가치와 이상들을 실현해나가면 되니까.

[19.08.08. 주의사항으로 들어가지 말라고 나오는데 주의를 하지 않아도 무서워서 못 간다.]

주변에서 물이 팔팔 끓고 있다. 그 앞에는 주의사항 표지판이 있고 들어가지 말라는 표시를 한다. 이런 주의를 굳이 하지 않아도 무서워서 못 들어 갈 것 같다. 그러나 세상에는 워낙 독특한 사람이 많으니 주의사항이 필요하기는 하겠다.

조금 딱딱하게 생각해보면 이곳은 그저 연기 나는 돌덩이들이 있는 곳이다. 그냥 휙 둘러보면 그만인 곳일 수도 있다. 이런 곳을 어떻게 우리는 그렇게 재밌게 돌아다녔을까. 일단 사람들이 아무도 없었다는 게 큰 것 같다. 유명한 관광지인데도 우리는 사람 하나 코빼기도 보지 못했다. 다들 온천에 가 있나 보다 싶었다. 그래서 더욱 우리끼리 소리 지르며 신 나게 영상도 찍고 화려하게 사진도 계속 찍을 수 있었던 것 같다. (사실 입구에서 봤을 때 바로 앞쪽에 한 팀의 연인이 있었는데 어느 순간 사라져 있었다. 끓는 물에 빠져버렸는지 어쨌는지 모르겠지만, 어느 순간 갑자기 사라졌다. 아직 미스터리로 남아있다.)

단순히 돌들만 있는 게 아니다. 중간에 나무들과 풀들이 어우러져 있는 산책로도 있다. 보통 아름다운 게 아니다. 즐겁게 영상을 찍으며 시간을 보냈다. 정말 입장할 가치가 있었다. 자연이 만들어낸 최고의 관광지다. 특히 사람이 없을 때 이곳을 둘러보기를 추천한다. (맘대로 되지는 않겠지만.) 물방울이 끓어 오르다 못해 터지는 소리와 풍경이 어우러지는 섬뜩하면서 놀라운 자연의 소리를 사람이 없다면 들을 수 있을 것이다. 대화가 잠시 끊기는 순간마다 우리는 물이 끓는 소리와 터지는 소리 등등을 들을 수 있었다.

시간이 계속 우리를 보챘다. 사람이 없는 만큼 우리에게는 충분한 시간 역시 없었다. 그래서 시간의 흐름을 의식하며 나름 서둘러서 한 바퀴를 다 돌았다. 그러면서 은근히 여유롭기도 했던 것 같다. 헬게이트를 다 보고 나오면 대망의 머드온천이 나온다. 옷도 갈아입고 온천에 들어가기 전에 주위를 둘러보니 사람이 여기에도 없었다. 분명히 픽업 차에서 우리랑 같이 탔던 사람도 있었는데 아까 헬게이트에도 없더니 여기 머드온천에도 없었다. 대체 어디서 무엇을 하고 있는 것일까. 사람이 워낙 없어서 여기서도 우리끼리 재밌게 놀았다. 아예 하나의 머드온천 공간을 우리가 차지했다. 이 온천에 너무 오랫동안 들어가 있으면 좋지 않다고 한다. 그래서 잠깐만 들어가 있었는데도 나오고 몸을 만져보니 정말 온몸이 매끈해졌다. 이것이 머드 온천이구나 느꼈다.

[19.08.08. Hell Gate, hello and smile.]

[19.08.08. 이것은 사진이 아니다. 이것은 화보다.]

[19.08.08. 애기를 사이에 두고.]

어떤 여성 직원분이 세이프가드 역할을 하시면서 돌아다녔다. 우리는 그녀에게 사진을 찍어달라고 부탁했다. 친절함을 넘어 우리에게 다양한 자세를 취하고 더 찍으라고까지 하셨다. 덕분에 좋은 사진들을 많이 남겼다. 재밌게 사진도 찍으며 추억을 남길 수 있었다. 만국의 공용어는 친절에서 시작되는 것 같다. 이용 시간이 다 되어서 나왔다. 이제 씻고 나가면 된다. 그러나 씻는 것이 문제였다. 잘 닦이지 않았다. 다행히 샤워시설은 넉넉히 잘 갖춰져 있어서 빡빡 문지르며 몸속에 남아있는 머드들을 제거할 수 있었다. (나중에 숙소에서 남은 머드를 처리하기는 해야 했다.) 탈의실 안과 머드온천이 있는 바깥쪽에 샤워실이 있었는데 우리는 밖에서 씻었다. 쌀쌀한 공기와 따뜻한 물이 만나는 것이 좋았다.

[19.08.08. 머드와 멋이 묻은 키위들]

[19.08.08. 개구쟁이 3형제.]

샤워까지 마치고 다 다시 픽업 차량을 통해 여행사 앞까지 갔다. 가기 전에 머드팩을 한 통 샀다. 나중에 뉴질랜드를 돌아다니면서 보다 보니까 같은 제품인데도 여기서 사는 것이 더 비싸다는 사실을 알게 되었다. 그러니 관광지에서는 기념품을 최대한 사지 말아야 하겠다. 기념품은 기념품 판매장에서 사는 것이 가장 싼 것 같다.

"안되면 된다. 우리의 신조다. 안 되면 되게 하여라 가 아니다. 해보지 않았으니 될지 안될지 모르지 않는가. 그렇다면 이왕 생각하는 거 된다고 생각하자."

(2) 한국인 최초로 Only Wednesday Market을 즐기다.

사실 로토루아에 도착하자마자 소름 끼쳤던 사실이 하나 있다. 우리가 딱 로토루아에 도착한 날인 오늘만, 그러니까 수요일에만 열리는 시장이 열린다는 것이었다. 그 많은 요일 중에 하필 이 날짜에 로토루아에 와서, 일주일에 한 번만 열리는 시장을 즐길 수 있게 되었다. 소름 끼치게 기분 좋았다. 머피의 법칙이 있다고 하는데, 이는 좋지 않은 일이 계속 일어나는 것이다. 그러나 뉴질랜드에서는 키위의 법칙이 통한다. 뭐든 좋은 쪽으로 흘러간다.

[19.08.08. Rotorua Night Market 1.]

뉴질랜드에 와서 처음으로 밤을 즐기는 것이었다. 이 시간에 돌아다니는 사람들을 보니 얼마나 반갑던지. Only Wednesday Night Market을 경험하는 한국인은 우리가 최초일 것이라고 임의 판단을 했다. (우리는 최초를 좋아한다.)

숙소에 재빨리 짐을 두고 나오니 시간은 19시경이 되었다. 이미 시장은 활

발하게 움직이고 있었다. 신 나는 노래들도 나오고 맛있는 냄새가 자꾸 나의 후각을 건드렸다. 우리는 각자 맘에 드는 음식들을 하나씩 사서 미리 잡아놓은 자리에 앉았다. 이때 한국 때 습관이 있어서 가방을 그냥 두고 갔다 왔던 것 같다. 외국에서는 아무리 뉴질랜드여도 항상 조심해야 하는데 말이다. 그래도 키위의 법칙이 통했다.

[19.08.08. Rotorua Night Market 2.]

한국에서 푸드트럭 음식들은 정말 비싸다. 밤 도깨비 야시장만 가도 별거 아닌데도 만원을 왔다갔다한다. 그러나 여기 푸드트럭은 합리적인 가격이어서 좋았다. 더욱이 맛이 정말 좋았다. 저녁을 먹고 나서 마실 거리를 찾아 돌아다녔다. 사실 멀리 갈 필요도 없이 주변에 다 있었다. 유쾌한 형제들이 음료수를 팔고 있었다. 우리도 한 유쾌 하므로 마음이 통하는 것 같아서 한 잔씩 사서 먹어줬다. 맛은 가격대비 그닥이었다. 음료수를 마시면서 돌아다니는데 보기에 정말 빵 같지 않은 빵이 많았다. 정말 빵들이 하나같이 다 예쁘고

맛있어 보였다. 그래서 하나씩 또 사 먹었다. 매우 만족스러웠다.

[19.08.08. 싸고 맛있는 길거리 푸드트럭.]

[19.08.08. 밤에도 돌아다닐 수 있어서 신난 우리.]

나이트 마켓 하면 길거리 공연이 빠질 수 없다. 곳곳에 혼자서 길거리 공연을 하시는 분들이 많았다. 다들 실력이 장난 아니었다. 이 실력을 무료로 접할 수 있다니 괜히 감사했다. 모두가 가볍게 즐길 수 있는 분위기여서 특히 더 좋았다.

아무래도 남반구는 겨울이다 보니 늦은 시간이 될수록 날씨는 더 추워졌다. 더욱이 나는 잠바가 없었다. 이런 나를 아셨는지 잠바를 파시는 아저씨가 나를 붙잡으셨다. 100% 울로 된 잠바를 팔고 계셨다. 디자인도 예쁘고 맘에 들었다. 가격도 100달러로 합리적이라는 생각이 들었다.

[19.08.08. 옷의 무늬는 마오리족 관련 무늬라고 한다.]

그리고 우리가 설산에서도 따뜻하냐고 물어보니까 '마운트쿡, 오케이' 그러셔서 믿음이 갔다. 우리가 이후에 마운트쿡도 가기 때문이다. 그래서 몇 분의 고민 끝에 샀다. 지금 와서 생각해보니 정말 잘 샀다. 이 잠바 아니었으면 앞으로 여정을 버티기 힘들 뻔했다. 이 옷은 한국에 가져와서도 요긴하게 잘 입고 있다.

실컷 즐기다 보니 어느덧 늦은 시간이 되었다. 내일 아침에 간단하게 먹을 라면을 사고 숙소로 돌아왔다. 진짜 밤이 찾아왔다. 이때 공포도 함께 찾아왔으니… 공포의 밤이 시작되었다.

잠을 잘 준비를 하는데 갑자기 초인종을 울리는 소리가 들려서 나갔다. 처음 보는 외국인 여성 두 명과 남성 한 명이 문 앞에 서 있었다. 보자마자 괜히 느낌이 싸했다. 나는 얼굴만 빼꼼 내민 상태였는데 갑자기 무슨 말을 엄청나게 했다.

제대로 이해가 안 돼서 못 알아듣겠다고 했더니 그들이 나보고 지금 자기네 집으로 와보라고 했다. 무슨 의도였는지는 모르겠지만, 겁이 덜컥 났다. 분위기가 진지하고 좋지만은 않았기 때문이다. 그래서 최대한 친절하게 마무리를 짓고 문을 닫았다. 그러나 그들은 한참 동안 문밖에서 서성거리며 가지 않았다. 무슨 의도가 있었겠지만, 일단은 내가 판단하기에는 심상치는 않았다는 것이다.

모두 이 상황을 지켜봐서 내가 문을 닫고 온 순간 정적이 흐르고 서로 추측을 하기 시작했다. 사실 별거 아닌 것으로 넘길 수 있었지만, 상상력이 풍부한 우리는 꼬리에 꼬리를 물고 늘어뜨리기 시작했고 무서운 추측을 하다 보니 이는 결국 공포로 다가왔다. 하나의 가정이 어쩌다가 무서움을 불러온 것이다. (우리는 심지어 이 사람들이 다시 방에 쳐들어왔을 때의 대처 방안을 여러 가지 고민했었다.)

다행히 시간이 흘러 진정이 되어 자려고 했다. 그 순간에 나와 성목이가 커튼 너머로 귀신을 본 것 같은 느낌을 동시에 받았다. 장난이 아니라 동시에 서로 쳐다보며 귀신 이야기를 했다. 조금 웃긴 상황이기는 하지만 우리는 무서움에 당장 애기(민성이)에게 달려갔고, 같이 자자고 했다. 그 넓은 방이 있었지만 하나의 방에 우리는 침대를 하나 더 끄겨 넣기 시작했다. 새로운 인테리어 공사를 시작한 것이다. 그렇게 결국 우리는 세 개의 방과 세 개의 침대를 나두고 한 방에서 두 개의 침대로 서로 부둥켜서 잤다. 결론은 그냥 해프닝으로 끝난 일이었지만 무슨 일이 일어났을지는 아무도 모르는 거니, 이 정도면 다행이다고 생각했다.

[19.08.08. 무서울 땐 웃자.]

얼마 안 돼서 기상 시간이 되었다. 너무 늦게 잠이 들어서 굉장히 피곤했다. 차례로 씻고 우리는 미리 사놓은 컵라면을 먹었다. 오늘의 주 관광지는 영

화 호빗 촬영지이다. 인터넷상에서 예약했는데 그때 가장 이른 시간대로 예약했었어 일찍 일어나야 했다. 급하지 않게 우리는 조금 더 일찍 여행사로 갔다. 여행사는 아니고 호빗 투어만을 담당하는 곳이었다.

"머피의 법칙이 있다고 하는데, 이는 좋지 않은 일이 계속 일어나는 것이다. 그러나 뉴질랜드에서는 키위의 법칙이 통한다. 뭐든 좋은 쪽으로 흘러간다."

(3) 호빗의 나라 침입하기

호빗 투어 사에 조금 일찍 도착했는데 아무도 없었다. 이곳의 인테리어는 굉장히 영화스러웠다. 반지의 제왕이나 호빗의 팬이라면 정말 좋아할 것 같은 장식들이 많았다. 곳곳에 영화 속 장면들이 그려져 있고, 소품들이 정렬돼 있었다. 픽업 버스가 왔는데 여전히 사람은 없었다. 즉 우리가 예약한 시간대는 우리가 오늘의 최초의 손님이자 유일한 손님이었던 것이다. 관광버스, 그 큰 버스에 오로지 우리 셋 만 탔다. 의자를 끝까지 젖히고 누워서 여유롭게 갔다. 호빗 촬영지까지는 상당히 오래 걸렸지만, 사람도 없고 편안하게 휴식을 취하며 갈 수 있었다.

버스 안에서의 풍경은 여전히 예뻤다. 특히 촬영지에 다가갈수록 초원이 더욱 푸르러졌고 뛰어다니는 양들의 생기가 더 있었다. 자연에 푹 빠져있는 사이 중간 거점에 도착했다. 여기서는 투어전용 버스로 갈아타야 했다. 그 사이에 시간이 잠깐 남아서 호빗 카페도 갈 수 있었다. 애초에 투어 중의 일부인 것 같았다. 여기에 오니 이제야 사람들이 조금씩 보였다. 여기서 나는 따뜻한 커피 한잔을 했다. 커피는 비싸기만 하고 밍밍했다.

우리를 부르는 소리가 들려서 새로운 버스에 다시 탔다. 이제 정말 호빗 버스였고, 여기서부터 영화 촬영지가 이어진다고 했다. 외국인 두 명이 함께했다. 주변의 풍경들이 확실히 정돈된 느낌이 들었다. 그리고 딱 봐도 가짜 같았다. 이게 진짜라기에는 정말로 아름다웠기 때문이다. (이렇게 따지니 뉴질랜드는 그 자체가 가짜일 수도 있다는 논리에 빠질 수도 있겠다. 매우 아름다운 나라니.) 소들이 누워 있는데 굉장히 행복해 보였다.

호빗 촬영지 입구에 들어서자마자 비가 내리기 시작했다. 좋지 않은 관광 조건이 형성되고 있었다. 가이드께서는 호빗 전용 초록색 우산을 빌려주셨다. 비가 와서 안 그래도 푸른 초원이 더 푸르게 보이기는 했다. 여기까지 와서 호빗 전용 우산 써보기 쉽지 않을 텐데 그 쉽지 않은 경험을 우리는 했다. 상황을 부정적으로만 보려 하지 말고 이런 발상의 전환도 필요한 법이다. 이번 여행을 하며 특히 발상의 긍정적 전환에 대해 체득할 수 있었다.

[19.08.09. 여유로운 소들의 일상.]

전체적으로 아기자기하고 예쁜 건축물들이 많이 있었다. 영화를 본 사람이라면 이 건물 하나하나가 어디에 나오는지 알 것이다. 정말 영화 그 자체였다. 영화 촬영지를 구경하고 있는 것이 아니라 내가 지금 영화 속에 들어와 있는 것 같은 기분이 드는 그런 풍경이었다.

이곳에 있는 모든 것은 다 소품이었다고 한다. 즉 가운데 크게 우뚝 서 있는 나무조차도 영화를 위해 만든 재료였다는 점이다.

[19.08.09. 그 어려운 걸 우리가 해냅니다.]

투어는 우리 키위들과 외국인 두 명이 함께했다. 외국인 둘은 말이 별로 없었고 사진도 거의 안 찍었다. 그렇지만 눈빛만은 진지했다. 아마 진지한 땐이었을 것이다. 반대로 우리는 쉬지 않고 떠들며 사진 찍고, 재밌게 놀았다. 가이드도 워낙 친절하셔서 우리가 계속 사진을 찍어달라고 하는데 귀찮은 티도 안 내시고 계속 웃으면서 잘 찍어주셨다.

이곳의 소품 중에서 특히 집 뒤에 빨래로 널려있는 작은 옷들이 너무 귀여웠다. 나무들도 전부 가짜인데도 너무 진짜같이 현실적이었다. 영화를 다시 보고 싶게끔 하는 공간이었다. 나도 반지의 제왕과 호빗을 정주행 하던 시절이 있었는데 그때가 생각나기도 했다. 여러모로 아름다운 곳이다.

전체적으로 돌아다니는 코스도 딱 정당하니 깔끔한 투어였다. 똑같은 집들을 계속 보다 보면 풍경의 지루함이 느껴질 수도 있는데 (사실 지루하지는 않지만) 그러면 인공 나무와 호수로 눈을 돌리면 된다.

심지어 마지막에는 마차와 넓은 초원도 있어서 마음이 뻥 뚫린다. 특히 꼭대기에서 호빗 마을 전경을 바라봤을 때 풍경이 장난 아니다. 이것은 풍경을 가지고 장난치는 느낌이다. 이 정도로 장난쳐도 되나 싶을 정도였다.

그리고 여기에 더 충격을 가하자면 신기하고 귀여운 동물들도 자유롭게 돌아다닌다. 사람 눈치를 보지 않는 것이 뉴질랜드 동물들의 특징인 것 같다. 워낙 자연 친화적이라서 그런 것 같다. 오리 가족들이 특히 귀여웠다. 나무에는 곳곳에 새집이 있었는데 1인 1집이었다. 어딘가에는 사과도 달아놓은 흔적이 있었는데 누군가 먹은 흔적이 있었다. 역시 자연의 나라 뉴질랜드다.

한 바퀴 다 돌고 나면 호빗 식당 같은 곳이 나온다. 관광객들은 무료로 맥주 한 잔씩을 준다. 무알콜 음료도 있기 때문에 술을 마시고 싶지 않은 사람도 선택할 수 있다.

[19.08.09. 진짜 여기 사는 것 같은 우리.]

나는 알코올이 들어간 맥주를 마셨다. 안 그래도 풍경에 잔뜩 취해있었는데 맥주까지 마시니 더 취하는 기분이었다. 심지어 맥주를 마시는 공간은 영화 속 호빗의 집 내부와 비슷하게 꾸며놓았다. 식욕을 자극하는데 이만한 곳이 없을 것이라는 생각이 들 정도였다. 그래서 비싼 가격에도 빵과 커피를 사 먹었다. 역시 투어의 마지막은 기념품이다. 우리는 여유롭게 기념품점을 둘러보았다. 민성이가 반지의 제왕 팬이라서 여기서 반지도 샀다. 평소 이 반지를 갖는 게 소원이었다나. 불멸의 반지를 획득한 그는 이제 타락의 길로 빠지지 않도록 조심해야 할 것이다.

(반지의 제왕을 좋아하기에 우리는 나중에 민성이 선물로 금반지를 해줬다. 책은 서비스야.)

[19.08.09. 장난이 심한 풍경]

[19.08.09. 호빗 마을에 있는 마차치고는 꽤 크다.]

[19.08.09. 호빗 정복 완료.]

[19.08.09. 호빗 마을 정복하고 흔적남기기]

호빗 마을 투어는 이동시간까지 포함하면 넉넉하게 5시간이면 끝이 난다. 소규모로 이루어지기 때문에 자신이 원하는 대로 사진도 찍고 천천히 이야기를 나누며 갈 수도 있다. 물론 팀마다 다르기는 할 것이다. 우리 앞 팀은 익명의 국가 관광객들 무리였는데, 너무 시끄럽게 관광을 해서 호빗의 평화롭고 조용한 분위기가 잠깐 깨지기는 했다. 모두가 있는 곳에는 예의를 지키는 것이 만국의 평화를 위한 길 아닐까 하는 의문을 마음과 글에 품는다.

"영화 촬영지를 구경하고 있는 것이 아니라 내가 지금 영화 속에 들어와 있는 것 같은 기분이 드는 그런 풍경이었다."

(4) 암벽등반하고 전기자전거 즐기기

호빗 마을을 정복하고 왔는데도 지치기는커녕 다른 뭔가가 더 하고 싶었다. 그러나 우리가 로토루아에서 하기로 마음먹은 것들을 이미 다 한 상태였다. 아무리 검색을 해봐도 더는 할 것이 나오지 않았다. 그래서 할 거리를 찾기 위해 마을을 한 바퀴 둘러보았다. 어제도 분명 걸었던 길이지만 새로운 것들이 눈에 밟히기 시작했다. 그러다가 우리의 마음을 또다시 사로잡은 것이 있었으니, 바로 암벽 등반이다. 한 번도 해본 적 없고 준비도 안 됐었지만, 워낙 특이한 것들을 해보는 것을 좋아하는 우리였기에 고민 없이 바로 갔다.

관광객 중에 이곳에 온 사람들은 우리가 유일해 보였다. 주민으로 보이는 두 명 정도의 사람만이 클라이밍을 즐기고 있었다. 다들 능숙하게 타는 모습이 멋있었다.

막상 엄청나게 높은 정상을 보니 처음에는 낯설고 무섭기도 했다. 그러나 뭐

든 해보지 않은 처음이 막막한 법이다. 이 처음을 해내면 이제 남은 건 마지막뿐이다. 안전수칙과 하는 방법을 간단히 듣고 바로 실행에 옮겨 보았다. 생각보다 할 만했다. (우리가 워낙 힘이 좋아서 그런가.)

그렇지만 정상을 찍고 막상 내려오려고 하니 덜컥 무섭기는 했다. 정상에서 내려오는 방법은 간단하다. 아래에서 보조해주고 있는 사람을 믿고 의지하여 벽에서 손과 발을 떼고 점프하며 차근차근 내려가면 된다. 여기서 중요한 점은 보조자를 신뢰해야 한다는 점이다.

내려오는 것에 적응하는 데는 시간이 조금 걸렸지만 서로 상당한 신뢰가 뒷받침되어 있었기 때문에, 나중에는 아무렇지도 않게 벽을 차서 뛰어내리는 과감한 행동을 하기도 했다. 우리 키위들만큼은 서로 엄청나게 믿는다.

[19.08.09. 쉽네.]

[19.08.09. 쉽다.]

역시 여행은 즉흥적으로 가는 곳이 재밌고 기억에 오래 남는 법이다. 완전히 무계획은 아니고, 꼭 가봐야 할 관광지는 정해놓되 여유시간을 두어서 이런 깜짝 재미를 추구하는 것이 우리에게 맞는 여행 방식이다. 여행은 주요 관광지도 물론 가야겠지만 이렇게 놀 거리를 소소하게 찾아가는 재미가 있는 과정인가보다. 클라이밍 특성상 전완근을 무지 막대하게 쓴다. 안 쓰던 전완근을 엄청나게 써서 다음날 손이 잘 안 움직여졌던 것 같다. 그래도 너무 재밌어서 한국에서도 해보고 싶다는 생각마저 들 정도였다. (물론 아직 실행에 옮기지는 못했다.). 클라이밍까지 했더니 시간이 17시쯤 되었다. 인제야 우리가 해야 할 것이 생각났다. 바로 어제 헬게이트를 가면서 보았던 Red Wood를 가보는 것이다. 어제 그 잠깐만 보기에는 너무나도 잊을 수 없는 아까운 인상이었기 때문이다.

우리는 언제나 그랬던 것처럼 즉시 실행에 옮겼다. 생각보다 먼 거리였지만, 갈 만한 거리였다. 대중교통이 잘 안 되어 있어서 (사실 찾아보기 귀찮은 마음이 컸다.) 걸어서 가거나 자전거를 타기로 했다. 그러고 보니 주변에 자전거를 대여해주는 곳이 많았다. 당장 들어갔다. 거기서 우리는 전기 자전거와 운명적 만남을 하게 된다. 아쉽게도 문을 닫는 시간이 1시간밖에 남지 않은 상황이었고 (역시 저녁의 쉼이 있는 나라다.), 주인께서는 1시간 안에 레드우드에 갔다가 돌아오는 것은 거의 불가능하다고 하셨다.

불가능을 모르는 우리기는 했지만 그렇다고 무모하지도 않다. 대신에 주변에 자전거 길이 잘 되어 있다고 하셔서 아쉽지만 전기 자전거로 달리기로 했다. 우리는 1시간 대여를 했는데, 한 사람당 25불 정도 했다. 대충 설명을 듣고 1시간을 꽉 채우기 위해 서둘러 전기 자전거를 탔다.

[19.08.09. 최고속도 50km/s 나오는 전기 자전거.]

우리가 달렸던 자전거 길은 정말 레전드 거리였다. 어제 봤던 헬게이트 같은 화산 암석들이 주변에 넓게 펼쳐져 있었다. 바퀴가 두꺼워서 이곳을 걱정 없이 빠른 속도로, 그것도 큰 힘을 주지 않고도 날아다녔다. 연기도 막 올라오는 이곳을 자전거 타고 지나가니 정말 최고였다. 하늘을 날 것 같은 속도와 풍경이 더해지니까 이는 마치 환각증세를 보이는 것 같은 기분이었다. 잠시 현실을 잊고 신 나게 놀았다.

자전거를 타고 어떻게 재밌게 놀지 하는 생각이 든다면 아직 뉴질랜드에서 자전거를 타보지 않은 사람일 것이다. 자연과 더불어 달리는 자전거는 그야말로 최고의 재미를 선사할 것이다. 전기 자전거에 큰 인상을 받아서 나중에 전기 자전거를 사기로 마음먹기도 했다. 이 마음을 알아차린 성목이와 민성이는 내 생일 때 전기 자전거를 선물로 주었다.

[19.08.09. 이곳을 전기자전거를 타고 지나갈 때의 행복이란.]

우리가 더 즐거웠던 이유 중 또 다른 하나는 사람들이 별로 없어서 엄청난 속도를 낼 수 있었기 때문이다. 안전이 최우선이 되어야 했는데 이 순간만큼은 그러지 못했던 것 같다. 그래도 아무도 다치지 않고 무사히 1시간을 달렸다. 비록 자전거라는 간단한 도구였지만, 순간적으로 느꼈을 때 최고의 행복이었다. 순식간에 1시간이 지나가고 우리는 자전거를 반납했다. 여전히 시간이 많이 남았다. 사실 다음 일정은 웰링턴으로 넘어가는 인터시티를 타는 것이었는데, 그 시간이 23시가 넘는 시간이었기 때문에 어디서 그때까지 버텨야 할지 막막하기도 했다. 워낙 상점들이 일찍 닫기 때문이다.

일단 걱정은 나중에 하고 저녁을 먹기로 했다. 생각해보니 온종일 먹은 거라고는 커피, 맥주와 빵이 전부였다. 배고픔도 잊은 채 즐기고 에너지를 소비하고 있었다. 뉴질랜드에서 자주 볼 수 있는 Guinness라는 펍에 갔다. 매번 그렇듯이 스테이크를 먹었다. 시간이 너무 많아서 정말 느긋하게, 최대한 느리게 먹었다. 여기서 생각나는 것 중 하나는 맛보다 의외로 화장실이다. 화장실이 정말 쾌적했다. 화장실 안에서는 컨트리송이 잔잔하게 나오고 향기도 좋아서 볼일을 해결하는데 기분이 더 좋아진다.

그렇게 최대한 시간을 보내고 나오니 밖은 어두워져 있고, 우리에게 남은 시간은 세 시간 정도였다. 이 세 시간이 고비였다. 그러다가 발견한 것이 있으니 바로 우리의 친구, 맥도날드였다! 24시간 하는 곳이니 맘 놓고 들어와서 버스 시간이 될 때까지 시간을 보낼 수 있었다. 핸드폰 충전도 되고 와이파이도 빵빵하니 세계 어디를 여행하든 최고의 공간인 것 같다. 우리는 여기서 이를 닦고 세수도 하며 해결해야 할 것들을 모두 해결했다. 정말 많은 신세를 졌다. 다음에 가게 된다면 내 꼭 큰손이 되어 주겠다.

"뭐든 처음이 막막하다. 이 처음을 해내면 이제 남은 건 마지막뿐이다."

5. 웰링턴

(1) 질랜디아로 행군

드디어 버스 시간이 다가와서 버스 정류장으로 갔다. 로토루아 관광청 앞이었다. 사실 이날에 한번 관광청에 간 적이 있다. 짐들을 맡겨두기 위함이었다. 그 긴 시간 동안 무거운 짐들을 계속 들고 다니기 제한될 것 같았기 때문이다. 애석하게도 그들은 맡아주지 않았고 대신에 유료 서비스를 이용하라고 했다. 이럴 바에 차라리 들고 다닌다 생각해서 3주 치 양의 짐들을 온종일 들고 다녔다. 우리 체력 하나는 끝내주는 것 같다.

지금도 뭔가 생생하게 기억나는 사건이 하나 있다. 버스를 밖에서 기다리는데 어떤 외국인들이 스포츠카를 타고 가면서 우리를 향해서인지 어딘가를

향해서 Fuck 을 크게 외치며 지나가던 일이다. 한창 말도 없어지고 주위가 정말 고요할 때여서 더욱 그 소리가 뇌리에 박혔다. 세상 어디를 가나 이상한 사람은 있나 보다. 차를 돌려서 다시 올까 봐 은근 무섭기도 했다. 딱 봐도 시선이 우리를 향해있었기에 인종차별을 당한 기분도 들었다.

이런 비슷한 일은 퀸스타운에서도 겪게 된다. 여행을 오기 전에 많은 사람이 뉴질랜드와 호주는 인종차별이 좀 심할 수도 있다고 들었다. 몸으로 느낄 정도는 아니었지만, 간혹 그런 분위기를 느낄 수 있기는 했다.

이제 향하는 곳은 웰링턴으로, 북섬에서의 마지막 지역이다. 뉴질랜드에서 큰 도시이지만 우리의 일정상 당일치기로 털어야 하는 곳이었다. 로토루아에서 웰링턴까지는 꽤 오래 걸렸다. 정말 장시간 버스를 탄 것 같다. 장거리라 우리는 일부러 야간 버스를 택했다. 그러나 버스 타는 것이 이제는 너무 익숙해졌기 때문에 그럭저럭 버틸만했다.

오히려 버스 안에서 우리를 힘들게 했던 것은 긴 시간이 아니라 버스 승객들이었다. 간혹 눈살을 찌푸리게 하는 승객들이 있었는데 의자 두 개를 차지해서 누워있지를 않나, 수상한 행동을 계속하지를 않나! 조금 불편했다. 얼굴을 비롯한 온몸에 문신한 남자도 근처에 있었는데 편견이지만 괜히 무서웠다. (신기하기도 했다.) 내 짐들을 품에 꽉 안고서야 잠이 들었다.

새벽에 웰링턴에 도착했다. 아침 해가 뜨기 전이라 더 어두웠다. 뭔가를 하기에는 너무 이른 시간이어서 시간을 보낼 곳을 찾았다. 그리 돌아다닐 필요도 없이 우리의 눈앞에 시간을 보내기 최고의 장소인 맥도날드가 있었다. 역시 어디서나 맥도날드는 정답이다.

로토루아의 맥도날드에서 나온 지 몇 시간도 안 되어서 우리는 또 맥도날드로

향하게 되었다. 팬케이크를 먹고 커피를 마시며 간단하게 아침을 해결했다. 키위들의 모습이 점점 초췌해졌다. 그나마 로토루아 맥도날드에서 세수해서 다행 아닌 다행이었다. 그렇지만 여행인데 초췌해질 수도 있지, 그걸 크게 신경 쓰지 않는다. 오히려 초췌를 뛰어넘어 신나게 놀기로 했다.

[19.08.10. 부스스 눈을 뜨자마자.]

의도하지는 않았지만, 어쩌다 계속 걷다 보니 웰링턴 바다 앞에서 일출을 보게 되었다. 맥도날드에서 나와서 시내다운 곳을 조금 걷다 보니 바다가 나온 것이다. 역시 우리가 등장하니 태양도 따라 떠오른다. 바다 너머로 태양이 떠오르는데 그 경관이 예술이었다.

어둠을 물리치는 데는 많은 빛이 필요하지 않았다. 한 줄기 빛만 있으면 된다. 어둑하던 하늘은 금세 밝아졌다. 태양은 생명의 원천이 맞나 보다. 장시간 버스에 있으면서 조금 지친 우리도 햇빛을 받으니 점점 생기가 나기 시작했다. 오늘 하루는 이제 시작이다. 피곤하다고 생각하면 진짜 피곤해진다. 시간은 금이라는데, 사실 이 말은 한 가지 조건이 빠졌다. 어떻게 시간을 쓰냐에 따라 금이 될 수도 있고 똥이 될 수도 있기 때문이다. 금 같은 하루를 보내기로 작정한 이상 우리는 활기차게 오늘도 걸었다.

[19.08.10. 마음의 고장 맥도날드에서.]

이 바다의 풍경이 진짜 아름다운게 오른쪽 부분에 뉴질랜드의 산토리니가 있다. 내 맘대로 갖다 붙인 이름이기는 하다. 맘마미아에 나올 법한 분위기를 풍기는 동네가 쭉 펼쳐져 있었다. 우리 셋은 서로 눈빛을 교환했다. 이 눈빛은 뉴질랜드의 산토리니를 가보자는 신호였을 것이다. 거기를 한번 본 이상 우리는 거기에 가야 한다. 꽤 멀고 높은 곳에 있어서 어떠한 수단을 취해야 했다. 찾아보니까 저 멀리에 케이블카가 있다고 했다. 걸어서도 갈 수는 있다는데 좀 편하게 가고 싶었다. 그리고 뉴질랜드에서 이색적으로 케이블카도 타면 재밌을 것 같았다. 어쩌면 케이블카를 타고 올라가면 엄청난 행군을 해야 한다

는 사실을 직감적으로 알았을 수도 있다. 그래서 몸이 일단 편하게 케이블카로 발걸음을 이끈 것이다.

[19.08.10. 일출을 바라보며. 태양은 우리를 바라보겠지.]

케이블카까지 걸어가는 과정에 멋진 건물들을 많이 보았다. 뉴질랜드의 대도시다운 면모들도 여럿 볼 수 있었다. 명동의 뉴질랜드 버전 같았다. 뉴욕의 플랫아이언 빌딩 같은 건물도 보였다. 세상 어디를 가나 건축물의 구조나 형식은 비슷한 것 같다. 그러나 그것이 풍기는 분위기는 확연히 다르다. 건축학적 지식이 전혀 없는 내가 봐도 그렇다. 거기에 내음새와 우리 키위들이 합쳐지면 정말 잊지 못할 추억이 만들어진다.

정말 이국적인 도심의 모습을 볼 수 있었다. 중간에 벤치에 앉아 쉬기도 했다. 물을 이용한 재밌는 조형물을 보며 시간 가는 줄 모르기도 했다. 사람들 모두가 평화로워 보였다. 당일치기만 아니었다면 이 시내에서 노는 것도 재밌을 것 같다. 아쉽게도 몇 시간 후에는 다른 지역, 아니 다른 섬으로 이동해야 한다. 바로 남섬이다.

[19.08.10. 동상 따라해보기.]

걷고 또 걸으니 케이블카 타는 곳에 도착했다. 길을 이제는 정말 잘 찾는다. 아직 개장 전이어서 조금 기다려야 했다. 기다리면서 우리는 평소 하던 말장난을 했다. (사실은 진지하다.) 세계 최초로 뉴질랜드의 웰링턴에서 케이블카를 오늘 타게 되니 기대가 되고 보람차다는 식으로.

케이블카는 한 사람당 15불이었다. 온라인상에서 나와 있는 개장시간이 딱 되자 직원이 나타났다. 어디를 가나 빠지지 않는 보안검사를 한 후 케이블카가 있는 곳까지 들어갈 수 있었다. 사실 케이블카는 아니고 트램 같은 것

이지만 이미 케이블카가 입에 붙어서 이렇게 부르겠다.

[19.08.10. 오늘 세계 최초 케이블카 탑승자.]

정상까지는 10분도 채 걸리지 않았던 것 같다. 바깥의 풍경은 대단한 것은 없고 그냥 인상 깊은 정도였다. 아랫동네에서 사는 사람이 걸어서 올라오기 힘들 때 이용하면 딱 맞을 것 같은 용도였다. 막 관광을 위한 장치 같지는 않아 보였다. 중간에 터널이 몇 개 있는데 불빛으로 잘 꾸며놓았다. 이것은 볼 만 했다. 그리고 중간에 한 번 정차한다. 여기서 내려도 되고 더 가서 내려도 된다. 더 가야 정상이므로 우리는 끝까지 가서 내렸다. 정상까지는 경사가 꽤 있고 높아서 여기를 걸어서 가기에는 많이 힘들 것 같다는 생각이 들었다. 케이블카를 타고 올라가는 내내 빨리 감기로 영상을 찍었는데 15초 분량밖에 되지 않았다. 15초와 바꾼 15불이었다.

정상에 도착하니 웰링턴 전경이 보였다. 그리 예쁜 풍경은 아니었으나 가치 있는 풍경이었다. 우리가 원하던 산토리니 같은 마을로 가는 케이블카가 아니어서 아쉽기는 했다. 막상 올라오니 할 게 별로 없어 보였다. 그러나 우리는 할 일을 잘 만드는 이들이다. 무엇을 할지 모르겠다면 일단 방황을 하면 된다. 이거 정말 좋은 팁이다. 근처에서 최대한 방황을 해보았다. 그러다가 문득 바닥을 보니 발자국 표시로 'Zealandia'표시가 있었다. 아까까지는 하나도 보이지 않았는데, 시선을 잠시 떨구니 보인 것이다. 등잔 밑이 어둡다는 말을 이럴 때 쓰는구나 싶었다. 사람은 자신이 신경 쓰고 있는 것에만 집중하느라 정작 우리 주변의 것을 놓치고 살 수도 있겠구나 하는 생각도 들었다.

구글 검색을 해보니 질랜디아라는 곳은 꽤 인지도 있는 곳이었다. 뉴질랜드의 온갖 새들을 볼 수 있고 자연이 한 곳에 어우러져 있다고 했다. 심지어 여기에 가면 키위새를 볼 수 있다고까지 했다. 키위새 그 단어 하나만 보고 크게 생각할 것도 없이 우리는 곧장 질랜디아로 추진했다.

바닥에 있는 발자국 스티커에 적혀 있기에는, 일정 시간 간격으로 픽업 차량이 온다고 했다. 그러나 이것을 기다릴 여유가 없었다. 걸어서 가면 50분 정도 걸리는 쉽지 않은 거리였지만 우리 기준으로는 갈 만한 거리였다. 그래서 걸어가기로 했다. 우리의 어깨에는 3주 치 짐이 들어있는 가방이 올려져 있다는 사실을 잊은 채.

물론 육체적으로만 보면 피곤하고 힘들었던 것은 사실이다. 그렇지만 걸어가면서 좋았던 점들이 많았다. 우선은 뉴질랜드 실제 거주민들의 마을을 지나칠 수 있었다는 점이다. 관광과 배제된 곳에 사는 현지인들 말이다. 차를 타고 갔었더라면 이곳의 소리와 냄새 등을 절대 경험하지 못했으리라. 쉽지 않은 경험은 늘 쉽지 않은 선택과 편하지 않은 과정이 동반돼야 하는 것 같다.

중간에 귀여운 영상들도 많이 찍었다. 영상이라는 소재를 책에 담지 못해서 안타깝다. 우리의 주제곡인 'Trouble Maker'를 틀고서 멋있게 걸어가는 것을 카메라에 담았다. 이러기 위해서는 우선 한 명이 먼저 뛰어가서 저 멀리 카메라를 두고 다시 돌아와야 했다. 그리고 노래를 틀며 아무렇지도 않게 걸었다. 주위 시선이 전혀 신경 쓰이지 않았다. 우리는 우리만의 여행을 하러 왔고, 이것이 우리만의 방식이기 때문이다. 영상을 찍다 보니 새삼 뮤직비디오가 돼가고 있어서 놀랐고, 우리의 자연스러운 연기력에 또 놀랐다. 너 놀라운 것은 멋이 그냥 철철 흘러넘친다는 점이다.

[19.08.10. 뮤직비디오 한 장면이라는 학설이 있다.]

뚜벅이 여행자가 걷다보면 깨닫는 두 가지 사실이 있다. 첫째는 걷는 것이 힘든 순간이 온다는 것이고, 둘째는 힘든 순간이 오기에 걷는 다는 것이다. 걷다 보니 한 가지가 분명해졌는데 바로, 이곳은 걸어가기 정말 힘든 곳이라는 점이었다. 심지어 중간에 도보도 없어져서 차도로 걸어 다녀야 했다. 애초에 사람들이 걸어서 오지 않을 것이다 생각하고 만든 곳 같다. 걸어서 질랜디

아를 가는 사람이 있을까 싶은 정도였다. 정말로 중간에 도보가 아예 없었다. 다행히 아침이기도 해서 차량이 별로 없었기에 위험하지는 않았다. 심지어 나중에는 비도 와서 비까지 맞아가면서 걸어갔지만 안전하게 도착을 했다. 힘들기는 했는지 나름 녹초가 되었다.

질랜디아 입장료는 21불이었다. 슬슬 챙겨온 여행비를 생각해야 할 때가 왔다는 것을 돈을 내면서 깨달았다. 그동안 너무 돈 걱정 없이 쓰며 지내기는 했다. 그에 대한 책임은 지면 되는 것. 입장권을 끊자마자 하고 싶었던 일은 가방을 내려놓는 일이다. 이제는 화려한 생존 영어 솜씨로 가방을 맡겨달라고 부탁했고, 직원은 우리에게 열쇠를 주시고 방을 안내해 주셨다. 안전하게 가방을 맡길 수 있었다. 가방을 맡기니 훨씬 홀가분해졌다.

이곳의 전체적인 분위기는 영화 잃어버린 세계를 찾아서에 나올 법한 분위기였다. 더욱이 비도 부슬부슬 내려서 분위기가 장난 아니었다. 이곳을 온 사람만이 맡을 수 있는 향기는 아니지만 은은한 냄새가 있다. 바로 건강해지는 냄새다. 직접 맡아봐야 이해할 것이다.

정말 많은 새 소리가 들렸다. 나무들이 부스럭거리는 소리가 계속 들렸는데 아마도 새들이 날아다니면서 내는 소리인 것 같았다. 어떤 표지판에 우리 눈에 익숙한 벌레 사진이 있었다. 바로 와이토모 동굴에서 봤던 그 징그러운 벌레였다. 이 벌레가 이 숲에서도 많이 살고 있다고 한다. 그 순간 겁이 덜컥 났다. 그래서 어쩔 수 없이 또 주위 경계를 하며 걸어야 했다. 그렇지만 숲은 여전히 아름다웠다. 겉으로 아름답기 위해서는 안의 징그러운 벌레를 비롯하여 여러 다양한 요소가 아름다운 조화를 이뤄야 하나보다.

사실 질랜디아에 온 가장 큰 이유는 키위새를 실제로 보는 것이었지만 아쉽게도 키위새는 보지 못했다. 키위새는 우리가 듣기로 어두울 때, 그리고 사람

들이 없을 때 돌아다닌다고 한다. 비록 보지는 못했지만 그들과 한 공간을 함께 할 수 있었다는 것만으로도 만족스럽다.

[19.08.10. New Zealand = Nature]

키위새는 보면 볼수록 신비하고 귀여운 동물이다. 키위새를 보지는 못했지만 정작 우리들이 키위라는 사실을 깨닫게 되면 모순의 수렁에 빠져버린다. 어쩌면 우리가 키위새를 보지 못한 것이 아니라, 키위새가 우리 키위들을 보지 못한 것일 수도.

"어둠을 물리치는 데는 많은 빛이 필요하지 않았다. 한 줄기 빛만 있으면 된다. 어둑하던 하늘은 금세 밝아졌다."

(2) Only Wednesday에 이어 Every Saturday Market을 경험하다.

거의 등산처럼 긴 여정을 산과 함께하니 1시간가량이 흘러있었다. 산을 전체적으로 다 둘러보았는데도 많은 시간이 지나지는 않았다. 당이 떨어져서 쿠키타임 쿠키를 몇 개 사서 먹었다. 이 쿠키 정말 맛있다.

다시 내려갈 때는 픽업 차를 이용하기로 했다. 이용하는 사람이 없어서 우리 3명만을 위해 차를 운영해 주셨다. 핑크색 머리를 하고 있던 운전사와는 대화가 잘 통했다.

민성이가 때마침 NASA가 쓰여 있는 옷을 입고 있어서 우리에게 직업을 물어볼 때 민성이는 NASA에 다니는 직원이라고 소개했다. 그랬더니 신기해하시면서 본인이 아는 사람도 NASA에서 일한다고 하셨던 것 같다. 그게 더 신기했다. 비록 거짓말을 한 것이었지만 우리의 영어 회화 능력을 위해서라면. 또 어쩌면 말이 씨가 될 수도.

운전사께서 정말 프리마인드셨다. 중간에 본인 점심을 사기 위해 햄버거

가게에 갔다 오시고 담배도 피우시고 그랬다. 프리마인드라 명명하는 게 맞나 싶지만, 다른 사람의 시선에 구애받지 않고 사는 자유로운 영혼인 것 같다는 느낌은 받았다.

덕분에 정말 편하고 재밌게 시내로 올 수 있었다. 생각보다 차를 타고도 오래 걸렸는데 이 정도 거리를 걸어서 간 우리가 새삼 대단하게 느껴졌다. 그래도 역시 차가 편하기는 하다.

우리는 우연을 끌고 다니는 것이 맞다. 어떻게 이런 일이 있나 싶을 정도로 의도하지 않았지만, 토요일에만 열리는 시장을 우연히 또 경험할 수 있었다. 로토루아는 *Only Wednesday Market*이었다면 여기 웰링턴은 *Every Saturday Market*이 열리고 있었다. 또 이런 일이 있다니 신기했다. 우리가 가는 족족 그날에만 할 수 있는 것을 하게 되니 역시 뿌듯했다.

[19.08.10. Every Saturday Market 개장 전.]

그래서 이날 한국인 최초로 시장에 들어가 보았다. 맛있는 냄새가 풍기고 있었다. 구경하는 사람보다 파는 사람들이 더 많아서 우리가 지나갈 때마다 이거 한번 좀 봐보라고 우리를 붙잡았다. 사실 우리한테 말 한번 걸어보려고 그랬다는 거 다 안다. 그렇지만 우리는 별로 그런 것들이 눈에 들어오지 않았다. 왜냐하면, 정말 배고팠기 때문이다. 아침에 팬케이크 하나의 열량으로 행군하고 등산을 해서 에너지가 소진된 상태였다.

그러다 문득 이런 생각을 하게 됐다. 가끔 살아가는 이유를 죽지 않아서라거나, 먹고 살기 위해서라는 말을 하는 사람이 있다. 나는 이러한 이유가 정말 중요한 이유가 되기도 하지만, 한편으로는 안타깝다고 생각한다. 유한한 삶의 이유는 그보다 더 가치 있을 것으로 생각하기 때문이다. 일상에 갇혀있다 보면 삶에 대해 별로 생각할 겨를이 없다. 그러나 이렇게 여행을 떠나면서 나의 인생을 돌아보고, 앞으로의 인생의 가치도 생각해보게 되는 것 같다. 나는 여행을 예찬한다! 어찌 됐든, 먹고사는 인생이라는데 여행은 안 그러랴. 일단 먹고 움직이자.

외국인 아저씨 두 명이 함께 파엘라와 피자를 직접 만들어서 팔고 계셨다. 조리 과정을 볼 수 있어서 믿음이 갔을 뿐만 아니라 냄새가 먹을 수밖에 없는 냄새였다. 우리는 1인 1파엘라와 피자를 먹었다. 정말 양이 많아서 다 못 먹을 정도였다.

우리는 여기에서 생과일주스도 사서 먹었다. 실제로 아무것도 넣지 않고 과일을 통째로 갈아서 만든 주스였다. 눈앞에서 모든 과일을 갈아서 주는 퍼포먼스도 보여주셨다. 새콤달콤하니 맛있었고 건강해지는 맛이었다. 친구분이랑 같이 일하시는 것 같았는데 참 멋진 우정이다. 우리도 웬지 나중에도 이런 우정을 보일 것 같은 예감이 든다.

Every Saturday Market의 전체적인 평을 해보자면, 음식 종류가 정말 다양해서 선택권이 많았다는 점이 좋았다. 그러나 무엇보다 호객행위가 적어서 자유롭게 생각을 하며 돌아다니기 좋았다. 너무 부담스러울 정도로 붙어서 여기 와보라고 하는 것을 별로 안 좋아하는데 여기는 딱 적당했다. 다만 우리가 낮 시간대에 가서 그런지 엄청나게 활기찬 분위기를 느끼지는 못했다. 밤이 기대되는 곳이다.

외국인이 오랜만이라서 그런지, 우리가 큰 가방들을 메고 있어서 그런지 지나갈 때마다 다들 우리를 쳐다보는 것 같은 기분이 들었다. 그러나 어쩌면 나만의 착각일 수도 있다. 심리학적으로 개인은 남들은 신경도 쓰지 않는데 괜히 자신을 쳐다보는 것 같고, 생각하는 것 같은 느낌을 많이 받는다고 하니 말이다. 그렇지만 확실한 게 있는데, 우리가 멋있어서 사람들이 쳐다보는 것 같다.

[19.08.10. 지금도 생각나는 맛이다.]

"일상에 갇혀있다 보면 삶에 대해 별로 생각할 겨를이 없다. 그러나 이렇게 여행을 떠나면서 나의 인생을 돌아보고, 앞으로의 인생의 가치도 생각해보게 되는 것 같다."

(3) 북섬에서 남섬으로 넘어가다.

생각해보니까 배를 타기 위한 체크인 시간은 14시였다. 시간이 넉넉한 상황은 아니었다. 여유롭게 놀다 보니 벌써 시간이 많이 흘러갔었다. 이제는 앞으로 서두르지 않으려면 가야만 할 때였다. 오늘의 주제는 걷는 것인가 보다. 항구가 있는 데까지 걸어가기로 했다. 우리가 걷는 이유는 단순하다. 대중교통을 이용하기 귀찮았다.

북섬에서 남섬으로 이동하려면 Inter Islander를 이용하면 된다. 우리는 사전에 예약했었다. 여기서 항구까지 가는 길은 험난했다. 중간에 길이 뚝 끊겨서 다시 왔던 길을 되돌아가야 하는 상황이 오기도 했다. 구글맵을 맹신할 수는 없다는 생각을 여기서 하게 된다. 그리고 한 번은 도로를 횡단해야 했던 적도 있다. 차들이 계속 지나가는 구간이라 많이 위험했다.

서서히 늦을 수도 있겠다는 생각이 들어서 평소에 그렇게 많이 찍던 사진도 잠시 접어두고 무작정 걸었다. 그래도 우리의 수다는 끊이질 않기는 했다. 걱정만 하면 뭐하나, 달라지는 것은 전혀 없다. 걱정되는 마음이 들면 이를 어떻게 슬기롭게 헤쳐나갈까 고민하는 것이 걱정하는 것보다 우선되어야 한다고 생각한다.

걷는 와중에 우리의 시선을 끌었던 것이 있다. 길 건너편 저 멀리에 보이는

스타디움에 걸린 플래카드였는데, 바로 철봉 배팅이다. 50달러를 내면 참가를 할 수 있는데, 철봉에 100초 매달려 있으면 100달러를 주는 것이었다.

한 번도 해본 적은 없지만, 당연히 가능할 것으로 생각했다. 평소에 턱걸이 10개 이상은 가볍게 했으니 말이다. 여행하면서 운동을 안 하고, 마음껏 먹기만 해서 살이 붙었다는 점이 불리하기는 했다. 또한, 화장실이 급하기도 해서 평소의 컨디션이 아니기는 했지만 해보고 싶었다. 그래서 시간에 쫓기는 처지이었지만, 그곳으로 갔다. 항상 많이들 하는 말이지만 안 하고 후회하는 것보다 해보고 후회하는 것이 더 많은 것을 남긴다. 우리는 추억이 남았다.

[19.08.10. 길이 막혀서 돌아가야 해도, 우리는 웃는다.]

Westpac 스타디움으로 엄청 커다란 체육관이었다. 들어가는데 길이 딱히 보이지 않아서 주차장을 통해 들어갔다. 지나가던 사람과 관리하는 사람 등등에게 물어보고 물어봐서 힘들게 도착을 했는데 막상 입구에 다다르니 매표소가 있었다. 심지어 경비도 삼엄했다. (몰래 들어가려고 하지는 않았다.) 우리는 이 철봉행사만을 하기 위해 왔다고 하니까, 아무리 그래도 입장권을 사야 들어갈 수 있다고 하셨다. 티켓비용이 만만치 않아서 우리는 아쉬운 마음을 뒤로 하고 다시 가야 했다. 안타깝기는 했으나 설사 실패해서 돈까지 잃은 것보다는 나았을 것이다.

[19.08.10. 아쉬우니 사진이라도 찍었다.]

스타디움을 나오니 배를 타기 위해 체크인을 해야 하는 시간이 급속도로 빠르게 다가왔다. 하필 길이 길은 꼬불꼬불 이어졌고 심지어 중간에는 비까지 쏟아졌다. 아까 질랜디아로 행군할 때도 비가 오더니 힘든 고생을 할 때 비가 내린다. 하늘이 비를 내려주며 땀 흘리지 않게 우리를 배려해 주는 것인가. 시간이 촉박하여 우산을 꺼낼 겨를도 없었다. 진지하게 서둘러야 했다. 사실

우산이 가방 안쪽에 있었던 이유도 있다. 짐을 쌀 때는 이런 것도 고려해서 싸야 한다는 당연하지만 잊기 쉬운 진실을 또다시 마주하게 되었다.

우리는 남섬을 가고 싶었다. 아니, 사실 가야 했다. 그래야 남은 여행 일정에 차질이 없을 것이니. 우리 키위의 종특이라 할 수 있는 것이 있는데 그것은 원하는 것은 꼭 이루고야 만다는 집념이다. 이 집념으로 우리는 뻔한 결말을 만들어냈다. 조금 뛰기도 해서, 끝내 정시에 도착할 수 있었다. (가끔은 예상치 못한 결말을 만들기도 한다.)

[19.08.10. 서둘러 도착하고 나서.]

안도의 한숨을 쉬며 우리의 짐들을 맡겼다. 비행기 탈 때 수화물을 맡기는 것 같은 처리가 일사불란하게 진행되었다. 나는 종일 처리하지 못했던 배 속의 짐들도 화장실에서 편안하게 비워냈다. 마음마저 편안해졌다.

얼마 쉬지도 않았는데 탑승 시간이 되었다. 우리가 탄 배는 정말 거대했다. 그리고 파도가 잠잠했는지 거의 흔들리지도 않았다. 더욱이 좋았던 것은 사람이 정말 없었던 것이다. 우리가 비수기에 여행했던 탓인가. 사실 비수기라고 할 수도 없는 게 남반구는 선선한 8월, 9월에 가야 좋기 때문이다. 이 시기가 덥지도 않고 가장 좋을 때인 것 같은데 사람은 왜 이리 없지 싶었다. 아무튼, 우리는 참 시기를 잘 타서 여행하고 있다.

좌석들이 다양한 종류가 많았는데 우리는 소파 식 좌석을 선택했다. 각자 하나씩 소파를 골라잡았다. 맘 편히 누워서 잠을 자며 갔다. 정말 푹신하고 사람은 없어서 조용하면서 편안했다.

[19.08.10. 전세 낸 것 같은 쾌적한 배 안.]

온종일 행군하고, 배를 타러 무거운 짐을 들며 뛰느라 고생해서 몸이 지친 상태였다. 물론 누워 있는 것이 남들에게 피해를 주는 행동이 아니었음을 말해둔다. 남 눈치 보면서 이런 것들을 감수하고 불편하게 가는 것보다, 남에게 피해

를 주지 않는다면 나는 편하게 누릴 것은 정중하게 누리는 것이 더 맞는다고 생각한다.

배는 정말 잠잠하게 갔다. 오히려 미세한 출렁거림이 잠자는데 더 도움을 줬던 것 같다. 그러다가 나는 중간에 잠이 깼다. 민성이와 성목이는 잘 자고 있어서 혼자서 습관적으로 산책을 다녀왔다. 눈을 뜨면 나는 어디론 가로 걸어가길 좋아한다. 특히 여행 중에는. 마침 배 갑판으로 나갈 수 있는 시간이었다. 주변에 나무들이 울창한 섬들이 상당히 많았다. 더욱이 해가 지기 직전이라서 그런지 풍경이 더 잔잔했고, 오히려 밝게만 느껴졌다. 해가 지기 전이 가장 밝은 느낌을 받았다. 내가 사진을 업으로 삼는 사람이었다면 이런 풍경을 하나하나 카메라에 담았을 것이다. 사실 우리나라에서도 배를 타면 볼 수 있는 풍경일 수도 있다. 그렇지만 역시 여행이란 것은 와봐야 이런 감정을 느끼고, 무엇보다 뉴질랜드 감성은 다르다.

[19.08.10. 물결이 참 잔잔하다.]

몇 시간이 흐른 지도 모르게 긴 시간이 흐르고 남섬에 도착했다. 정상적으로 평범하게 내리면 되는데 표지판을 잘못 읽는 바람에 출구 없는 주차장으로 와버렸다. 남들이 다 가는 길을 안 따라갔다가 이런 일을 당했지만, 덕분에 뉴질랜드 배의 주차장도 구경해 보았다. 언제 뉴질랜드 배의 주차장을 구경해보나 하는 위로의 마음이 컸다. 거의 마지막으로 배에서 내렸다. *Last In, First Out*을 실현한 하루였다.

남섬에 도착하니 어두운 밤이었다. 그리고 남쪽으로 갈수록 날씨는 점점 추워진다. 어두우면 길 찾기도 평소보다 더 힘들어진다. 똑같이 구글맵을 이용하면 보는 것은 똑같은데 말이다. 우리도 모르는 사이에 우리는 많은 편협한 사고를 하게 되나, 그래서 어두웠지만, 당연히 길 찾기가 힘들 것이라고 생각하게 되는 것은 아닐까.

저녁을 먹어야 하는데 문을 연 식당이 있을지 의문이었다. 어찌 되든 도착은 했고, 북섬에서 남섬으로 이동하기 목표는 성공적으로 이루었다. 불과 몇 시간 전에 허겁지겁 대던 모습은 이제 추억 속으로 사라졌다. 오늘 하루만 해도 벌써 우리가 세운 목표를 여러 개 달성할 수 있었다. 일상생활에서도 목표를 차곡차곡 세우며 차근차근 이뤄봐야겠다. 누구나 할 수 있는 일이었다.

우선 체크인을 하기 위해 숙소로 갔다. 숙소는 조금 오르막길에 있었다. 구글맵의 도움을 받아 잘 도착했다. 이제는 길을 자연스럽게 잘 찾는다. 깔끔한 입구가 우리를 반겨주었다. 숙소가 바다 앞에 자리 잡고 있어서 아침에 일어나서 창밖을 바라볼 때의 풍경이 벌써 기대되었다. 우선 짐만 풀고 저녁을 먹으러 다시 나왔다. 다행히 닫기 직전인 레스토랑이 있었다. 숙소를 찾으면서 점찍어 두었던 곳인데 열어서 다행이다.

정말 맛있어 보이는 메뉴들이 많았다. 게다가 우리는 배가 고팠다. 그렇지만

안타깝게도 영어 단어의 한계로 원하지 않던 생선 대구 음식을 시켜버렸다. 처음 보는 이름이어서 시켜보았는데 알고 보니 대구였다. 모르는 메뉴를 시켜보는 시도는 좋았다. 맛은 좋았지만, 배가 차지는 않은 식사였다.

[19.08.10. 재미난 서비스와 함께하니 더욱 맛있었다.]

식당에서 신기했던 게 있는데 바로 주문 주사위다. 이 주사위에는 각각 그림이 있다. 한 면에는 물이, 다른 면에는 직원이 있다. 이런 식으로 6개로 구성되어 있었는데, 원하는 서비스가 위로 가도록 책상 위에 올려놓으면 우리가 따로 요청하지 않아도 알아서 서비스를 받을 수 있었다.

한국에서는 한 번도 볼 수 없었던 신기한 서비스였다. 그래서 물 모양을 위로 바라보게 몇 번 올려놓아서 물을 여러 번 보충받았다. 신기해서 더 자주 그랬다. 다행히 직원들은 모두 친절했다. 서비스 하나는 기가 막혔던 식당이다.

밥을 먹고 나오면 왕성한 식성을 가진 우리는 배가 고프다. 고픈 배를 채우기 위해 식당에 들어갔지만 나오면 또다시 배가 고파지다니 웃길 노릇이다. 사실 원래 이 시간이면 그동안의 경험을 토대로 봤을 때 문을 여는 상점이 있으면 안 된다. 그러나 24시간 여는 상점을 발견해버렸다. 뉴질랜드에서 과연 24시간을 열 수 있을까에 대해 의문이 들기는 하다. 사람들이 워낙 밤에 안 돌아다니기 때문이다. (우리가 봐온 바로는.) 비록 방금 오기는 해지만, 남섬에 와서 길거리에 돌아다니는 사람은 한 명도 보지 못했었다. 상점에는 먹을 것이 참 많았다. 우리는 방에서 먹을 간식들을 각자 몇 개씩 샀다.

[19.08.10. 너무 연하게 발랐다.]

음식 보충을 하고 숙소에 들어왔다. 생각보다 늦은 시간이었다. 간단하게 텔

레비전을 보면서 수다를 떨었다. 자기 전에 다 같이 로토루아 헬게이트에서 산, 바르는 머드팩으로 팩을 해보았다. 바르는 팩이 처음이라 어색했지만 그걸 보며 즐거워하는 우리를 보니 흐뭇하다.

"걱정만 하면 뭐하나 달라지는 것은 전혀 없다. 걱정되는 마음이 들면 이를 어떻게 슬기롭게 헤쳐나갈까 고민하는 것이 걱정하는 것보다 우선되어야 한다고 생각한다."

일상예찬

6. 픽턴과 크라이스트처치

(1) 픽턴 바다와 놀이터 접수

아침에 바깥을 바라본 풍경은 역시 우리의 기대를 저버리지 않았다. 호화로운 노후의 모습을 상상한다면 바로 이러한 모습을 상상할 것이다. 멀리 화려한 요트들이 잔잔한 바다와 함께 살랑살랑 움직이고 있었다. 요트에 대한 환상은 애당초 없기는 했지만, 저 위에서 부리는 여유가 머릿속에 그려지니, 좋기는 했다.

어두울 때 도착했기에 픽턴이 이런 감성의 도시인 줄은 생각도 못 했다. 무엇보다 전체적인 색감이 미쳤다. 어쩜 이렇게 진할 수 있지 하는 느낌을 받았다. 보통 바다를 보면 푸르다고 말하지만, 이것은 푸르다는 언어로는 형용할

수 없다. 그보다 더했다. 애니메이션에 나올 법한 바다라고나 할까.

[19.08.11.발코니에서. (정작 바다는 우리가 가려버렸다.)]

아침부터 예쁜 바다를 바라봐서 괜히 느긋하게 준비를 했다. 이날이 일요일이기도 해서 나는 Sunday가 쓰여 있는 옷을 입었다. 우리는 우선 짐을 다 빼서 이 숙소에 맡겨놓은 다음에 돌아다닐 계획을 세웠다. 그런데 지금 생각해보니 짐을 계속 들고 다녔던 것 같다. 짐 맡기는 것이 안 됐나 어쨌든 그랬다. 기억에 의존한 글쓰기를 하면 이렇게 엉성한 구석이 생기기 마련이다.

무엇을 할지는 미정이었다. 워낙에 작은 도시라서 관광지 이런 것도 별거 없었다. (사실 안 찾아봤다.) 그리고 당장 오후에 인터시티 버스를 타고 지역을 옮기기에 멀리 돌아다닐 형편도 안된다.

픽턴의 볼거리라 하면, 바닷가 주변 길거리에서 볼 수 있는 역사 문화지들이었다. 아픈 역사의 흔적들이 많았다. 중간에 한국인 이름도 있었던 것으로

기억한다.

이런 것에 관심은 많으나 이 당시에는 주의 깊게 보지 않아서 정확히 뭐였는지 기억은 나지 않는다. 뭐든지 사전 정보를 알고 보는 것과 모르고 보는 것은 차이가 있기 마련이다. 이것이 무계획 여행이 갖는 단점 아닌 단점이다. 다음번에는 좀 공부를 하고 오자는 다짐을 했다.

볼거리가 없을 때 꿀팁을 알려주자면 도로를 보면 된다. 은근히 도로가 훌륭한 볼거리가 되기도 한다. 안 그래도 차도 별로 다니지도 않는데 도로는 예쁜 구간들이 많았다. 그리고 외국 표지판들이 캘리포니아에서 볼 법한 분위기를 풍기고 있었다. 아니 캘리포니아가 뉴질랜드 픽턴 풍을 풍기고 있다고 해야 하나.

[19.08.11. 픽턴 풍 표지판]

픽턴을 한 문장으로 설명하라고 한다면 이렇게 할 수 있겠다. 아기자기하면서 예쁜 바다가 어우러져 있는 곳. 우리처럼 짧은 하루나 거쳐 가는 지역으로는 딱 맞다. 그 이상 머무른다면 평화롭고 마음의 안정은 취할 수 있겠다마는 커다란 재미를 추구하기는 힘들 것 같다. 물론 우리는 그 와중에 재밌게 놀 것 같기는 하다. 우리는 재미를 발굴하고 만들고 응용하는 키위들이기에.

[19.08.11. 우리를 따라한 비틀즈.]

소소한 재미는 우리 주변에서 쉽게 발견할 수 있음을 깨달았다. 주변의 모든 환경이 즐거움을 위한 소품이 된다. 그러고 보니 이건 마치 동심의 마음이다. 세상 모든 것이 흥미롭고 재밌게 다가오니 말이다. 동심을 되찾아가는 여행을 하고 있다.

아침을 먹기 위해 Gusto이라는 식당 식 카페에 들어갔다. Gusto라는 단어가 무슨 뜻인지 너무 궁금해서 찾아보니 음식이라는 뜻이 있었다. 별거 아닌 단어이지만 내 뇌리에 깊게 박힌 단어라 지금까지 문득 Gusto라는 단어가 생각나고는 한다.

현장에서 빵을 구워주거나 데워주는데, 그 고소한 냄새가 장난 아니었다. 각자 다른 메뉴들을 주문했다. 픽턴의 아침을 커피와 빵으로 시작하려니 설레고 또 시작된 하루가 새롭게 기대되었다. 카페 안 벽지가 굉장히 인상 깊었던 것으로 기억한다.

깁이 모락모락 한 음식이 나왔다. 음식을 먹으면서 옆 테이블을 바라보았는데 노부부께서 십자 낱말맞추기 퍼즐을 다정하게 하고 계셨다. 그 모습이 왜인지 괜히 아름다워 보였다. 노부부의 사랑과 함께하는 여유로움으로부터 받은 감동 때문인 것 같다. 나도 언젠가는 누군가와 함께 아침에 커피와 빵을 먹으며 저런 여유를 즐기고 싶다. 그 이후로 숙소에 마침 있던 신문에 낱말맞추기가 있어서 나도 해보았지만, 생각보다 어려웠던 기억이 있다. 영어로 돼 있어서 그랬다.

[19.08.11. 식당에서 사랑 뽐내기.]

아침을 먹고 소화를 시키려고 바다를 걷기로 했다. 우선 바닷가로 걸어가는데 저 멀리 연기가 자욱하게 났다. 불이 난듯싶었다. 제발 이 아름다운 도시에 화재 사고가 나지 않기를 바랄 뿐이다. 허나, 이때부터 우리는 우리가 거쳐 간 아름다운 모든 곳은 불바다가 된다는 말도 안 되는 말들을 늘어놓기 시작했다. 그러니까 이 아름다운 풍경을 우리가 최초이자 마지막으로 보고 다른 사람은 보지 못한다는 억지 아닌 억지 논리이다. 우리는 이러고 논다.

바다로 가는 도중에 다양한 술들을 파는 컨테이너 같은 건물이 보여서 들어가 보았다. 정말 많은 술이 있었다. 술을 좋아하는 사람이라면 여기가 천국이라고 그랬을 것이다. 여기서 나는 내가 좋아하는 머드쉐이크라는 보드카를 발견했다. 한국 편의점에서 아주 가끔 밖에 볼 수 없었던 술이면서, 정말 맛있어서 내가 좋아하는 술이었기에 굉장히 반가웠다. 더욱이 한국에서는 한 번도 보지 못한 맛들도 있었다. 그래서 그냥 지나칠 수가 없었기에 바로 4개짜리를 두 개 구매했다. 그리고 바다를 바라보며 벤치에 앉아서 한 병씩 마셨다.

[19.08.11. 바다에서 머드쉐이크란, 미슐랭 저리 가라.]

풍경에 취하게 된다. 산과 바다, 푸른 하늘, 모래와 들판, 새와 오리들, 바다에 입장하기 전의 풍경이 또 기가 막히게 아름답다. 무슨 환상의 세계에 온 것 같다. 건축물들이 보기에는 되게 간단한데, 이것이 오히려 복잡하면서 미묘한 감정을 불러일으키는 것 같았다.

간단함은 그 안에 아름다움을 내포하고 있나 보다. 간단함 속 내재한 복잡함이라니. 정말 멋있었다. 앞서 말했듯이 픽턴의 특징은 색들이 진하다는 것이다. 바다를 보아도 진한 푸른 색이고, 잔디를 보면 진한 초록색이다. 심지어 도로의 색도 진한 도로 색이다. 말이 안 되는 것 같지만, 말이 된다. 동심의 세계이자 모순의 세계다. 이러한 세계에 조금이라도 발을 들여놓을 수 있었음에 참으로 영광이다. 웰링턴에서 잠깐 보았던 산토리니 같은 풍경이 또다시 연상되기도 했다.

[19.08.11. 색이 미쳤다. 그래서 우리도 미쳐갔다.]

바다를 보다가 뒤를 보면 넓은 들판이 펼쳐져 있는데 초록 잔디 위에는 오리 가족들이 뒤뚱뒤뚱 걸어 다닌다. 이들은 사람과 가까우면서 먼 관계를 유지한다. 다가오려고 하다가도 멀리 간다.

나는 동물을 워낙 좋아해서 이러한 행동이 정말 귀여웠다. 오리들의 기분 상태를 알 수는 없지만, 행복할 것 같다. 인간의 이기적인 눈으로 바라봤을 때는 그렇고, 무엇보다 우선 내가 행복했다. 남한테 피해도 안 주는 이런 행복은 최대한 누려야 한다고 생각하기에 오리들을 보며 최대한으로 행복을 누렸다.

[19.08.11. 이곳은 산토리니인가 뉴질랜드인가. 정답을 말해주자면 여기는 키위다.]

행복의 원천인 우리 키위들은 바닷가에 이름을 새기기도 하고, 돌 수제비를 던져보기도 했다. 시간을 보내려고 돌아다니다 보니 어느새 시간 가는 줄 몰랐을뿐더러, 시간 가는 것이 아쉬울 정도였다. 저 멀리 보이는 요트 근처에도 가 보았다. 생각보다 요트들이 커다랗다.

우리 세 명의 전신이 나오는 사진을 찍고 싶은데 사람이 워낙 없어서 사진을 찍어달라고 부탁하기가 굉장히 힘들었다. 부탁이 힘든 것이 아니라 부탁할 대상을 찾는 것이 힘들었다.

그나마 다행히 삼각대가 그 역할을 대신 해주기도 했다. 우리는 여행을 하면서 사진을 전부 핸드폰으로만 찍었다. 그런데도 찍은 사진들을 봐보면 작품 같은 사진들이 많이 나와서 놀라고는 한다. 요즘 핸드폰 성능에 대해서 놀라고, 그 사진에 나와 있는 우리가 너무 멋있어서 놀라고, 알고 보니 사진이 아니라 화보인 것에 또 놀라게 된다.

[19.08.11. 뉴질랜드 바다에 키위들 새기기.]

놀다 보니 근처에 근사한 놀이터가 있었다. 와이토모에 있을 때 봤었지만, 그때보다 훨씬 규모가 큰 놀이터여서 신이 났다. 우리나라는 안전 등급이 엄격해져서 놀이터를 만들어도 이렇게 재밌게 짓는 것은 제한된다고 들었다. 내 집 앞에는 그늘 망으로 서바이벌할 수 있는 놀이터가 있었는데 아직도 기억나는 인생에서 가장 재밌는 놀이터 중 하나였다. 이날 내 인생 놀이터가 하나 더 늘게 되었다.

[19.08.11. 타이머 10초 안에 올라가서 찍기 성공.]

인생에서 가장 재밌는 놀이터 중 하나를 뉴질랜드에서 갖게 되다니. 해적선 컨셉으로 되어있는 이 놀이터를 보는 순간 어린이가 된다. 역시 동심의 나라가 아닐까 봐. 나이를 잊어버린 우리는 해적 놀이를 하기 시작했다. 우리는 무의식적으로 자연스럽게 놀이터에 올랐다. 보는 사람도 아무도 없고 애초에 신경도 안 쓰기에 어린이로 돌아간 것처럼 뛰어다니면서 놀았다.

놀이터의 전체 모습을 배경으로 사진 찍고 싶기도 해서 삼각대에 핸드폰을 올려놓고 10초 타이머로 사진을 찍었다. 10초라는 시간이 길면 긴 시간이지만 우리의 목적지에 다다르기에는 상당히 짧은 시간이었다. 그렇지만 우리가 누구인가. 불가능을 해내는, 불가능한 것처럼 보이는 것들을 도전하는 사람이다.

실컷 놀고 나니 점심 먹을 시간이 되었다. 용케도 Lunch Special로 싸게 먹을 수 있는 식당을 찾아냈다. 술집도 되고 식당도 되는 곳이었다. 식당 안에 커다란 전광판이 있는데 도박 관련된 정보가 뜨고 있었다. 계속 상금이 올라가고, 잭팟을 터뜨리면 다 가져가는 구조인 듯싶었다. 저렇게 많은 돈을 갑자기 가지게 되면 과연 느낌이 어떨까.

사람들은 대개 갑자기 많은 돈이 들어오면 오히려 불행해진다고 하는데, 과연 그런지 경험해보고 싶기는 하다. 그래도 나는 지금의 생활이 만족스럽다. 일확천금의 상금이 따라잡을 수 없는 행복을 누리고 있다. 그 상금과 지금의 추억을 맞바꾸라고 해도 바꾸지 않을 것이다.

[19.08.11. 자유로운 분위기의 식당.]

픽턴에서의 일정을 마무리해야 할 시간이 왔다. 진짜 구석구석을 턴 기분이다. 머드 쉐이크를 두 손에 들고 다음 지역에서 먹는 것을 상상하며 인터시티 버스를 타러 갔다. 북섬에서 남섬으로 넘어와서 내린 항구 근처에 인터시티 버스 정류장이 있었다. 멕시코인 아저씨가 우리에게 말을 거셨다. 그분도 꽤 여행 좀 해보신 분이었다. 되게 유쾌하시기도 했다. 어디서 어디로 여행을 하는 중이라고 하셨는데 정확히 기억이 나지는 않는다. 물론 당시에 이해는 했을 테지만 까먹은 것일 것이다.

시간이 한참 지났는데도 버스가 오지 않았다. 지금까지 정해진 시간에 잘 출발하던 인터시티 버스라서 혹여나 우리가 버스 정류장을 잘못 온 건가 싶었다. 그래서 왔다 갔다 거리며 정류장다운 곳을 찾아다녔는데 우리가 있는 곳이 최선이었다. 그렇게 30분 정도가 흘렀을까. 버스가 늦게 왔다. 버스가 오니 어디선가 사람들이 몰려왔고, 버스는 가득 찼다. 믿음을 가졌어야 했다.

"일단 내가 행복했다. 남한테 피해도 안 주는 이런 행복은 최대한 누려야 한다고 생각한다."

(2) 크라이스트처치, 스쳐 지나가다.

크라이스트처치까지 가는데 오린 시간이 걸렸다. 중간에 쉬는 시간을 여러 번 가졌다. 한 번은 크게 쉬는 시간을 갖기도 했다. 자갈로만 이루어진 바닷가 근처에서 대휴식을 했었는데 그야말로 환상의 세계였다. 자갈과 바다의 조화란 사랑이다.

돌멩이를 하나씩 챙겨서 우리들의 이름을 새길까 했지만 무산되었다. 바다

뿐만 아니라 주위에 콜로키움 처럼 된 조형물도 있고, 모든 것이 볼 만했다. 분명 우리는 지역을 옮기는 버스를 타고 있는데 그게 아니라 관광버스를 타고 관광을 하는 것만 같았다. 시간이 많아서 좀 더 걸어보니 얼마 못 가서 상점들이 즐비한 거리도 마주쳤다. 나는 여기서 커피 한잔을 마시며 들뜬 마음을 더 들뜨게 하였다.

다시 출발하는데 얼마 지나지 않아서 창밖으로 움직이는 검은색 물체가 있었다. 그래서 뭔가 자세히 봐보니 물개들이었다. 정말 많은 물개가 길가에 누워서 자거나 돌아다니면서 놀고 있었다. 정말 사람과 동물의 경계가 없는 자연의 뉴질랜드라는 것을 몸소 또 체험하게 되었다. 버스만 아니었다면 우리는 내려서 물개들과 놀았을 것이다. 물개들도 분명 우리를 반겼을 것이다.

[19.08.11. 자갈과 어울리는 하트]

어두워질 때쯤, 크라이스트처치에 도착했다. 우리가 매번 지역에 도착하자마자 하는 일이 있는데 그것은 바로 숙소를 찾아가 짐을 푸는 것이다. 짐이야 계속 들고 다닐 수 있지만 더욱 편안한 여정을 위해 동선의 낭비가 크지 않는 한 숙소에 먼저 갔다. 배는 고팠지만, 더 어두워지기 전에 맘 편하게 숙소를 찾기로 했다.

[19.08.11. 여유로운 물개들]

되게 도시가 휑했다. 소문으로 유령의 도시라고 들은 바 있는데 과연 그랬다. 문화 유적이 많은 도시라고 듣기도 했는데 우리는 아주 잠시만 머물러 가는 곳으로 이 지역을 골랐기에 어떠한 관광지를 전혀 가보지는 못했다. 우리가 밤에 도착해서 내일 이른 아침에 이 도시를 떠났기 때문에 아직도 크라이스트

처치는 유령 도시라는 인식이 박혀있다.

숙소는 되게 찾기 힘든 깊숙한 골목에 있었다. 골목을 지나고 지나서, 지역 주민이 놀 법한 야외 탁구장과 여러 공사 현장들을 지나서 겨우 도착했다. 이 지역 사람들은 여가 생활을 어떻게 보내는지 시설물로 대충 파악할 수 있기도 했다.

물론 아주 작은 조각의 일부일 테지만 여행의 묘미는 다른 세계에 사는 사람들의 일상을 엿볼 수 있다는 것 같다. 그 일상을 간접적으로나마 체험하며 우리가 사는 세계를 더욱 풍요롭게 만들 수 있겠다. 숙소에 다다르니 친절하신 주인아주머니께서 우리를 잘 안내해주었다.

집이 대단히 컸다. 에어비엔비를 통해서 예약한 숙소였던 것 같다. 본 집이 따로 있고 별채 형식으로 이런 숙박업을 하시는 듯싶었다. 침실까지 올라가는데 공용 거실에서 동양계 외국인 커플이 영화를 보고 있었다. 말을 걸고 싶었으나 그런 분위기가 아니었다.

숙소 내부를 아직 제대로 둘러보기도 전에 우리는 밖으로 나왔다. 배가 매우 고팠기 때문이다. 그래서 왔던 곳을 다시 반대로 돌아갔다. 그래야만 식당 거리가 나올 법했다. 음침한 골목을 또다시 지났는데 우리의 대표곡인 'Trouble Maker'와 함께하며 어둠을 이겨냈다. 중간에 우리가 유일하게 본 관광지라 할 수 있는 것은 근사한 교회 건물이 전부였다. 내부는 휑했지만 확실히 근사하기는 했다. 워낙 다음 행선지를 위해 거쳐 가기 위한 목적으로 와서 그런지 도시를 제대로 즐기려는 마음도 딱히 들지는 않았던 것 같다.

꽤 오랜 시간을 걸은 것 같다. 그러니까 이제야 대형 건물이 보이기 시작했다. 트램길까지 있는 거보니 아마 쇼핑 거리로 이름 꽤 날리는 상권인듯싶었다. 건물에 들어가니 완전 오랜만에 느껴보는 세속의 공간이었다. 없는 게 없었다.

[19.08.11. 이름 모를 곳에서 흔적 남긴 우리.]

사실 지금까지 계속 문명 속에 있기는 했었지만, 오랜 시간 버스를 타면서 자연을 봐오다 보니 괜히 자연에서 살았던 것 같은 기분이 들었던 게 사실이다. 뉴질랜드는 정말 자연과 하나가 되는 공간이기 때문이다. 그러다가 문명다운 것을 만나니 이 또한 기쁨이었다. 영화관, 식당, 마트 등이 모두 한 곳에 어우러져 있는 건물이었다. 우리는 주린 배를 채우기 위한 목적으로 여기에 들어왔으니 배만 채우고 나갈 것이다.

맛있게 생긴 식당이 너무 많아서 선택하는데 힘들었다. 무슨 음식을 먹을까 심각하게 고민하다가 쌀국수를 먹기로 했다. 뉴질랜드에서 먹는 쌀국수의 맛은 어떨까 궁금했다. 무엇보다 우리가 너무 배고파서 상대적으로 빨리 나올 수 있

는 음식을 선택했다.

그리고 우리의 흥미를 끈 문구도 있었기 때문인데, 바로 도전음식이다. 이 가게에 쌀국수 도전음식이 있었다. 어마어마한 양을 제한시간 내에 다 먹으면 무료로 주는 행사였다. 나는 당시 상황으로 무조건 자신 있었기에 하고 싶다고 말했더니 아쉽게도 아직 행사 전이라고 하셨다. 만약 행사하고 있었다면 당시 상황으로는 정말 성공했을 것이다.

이때 재밌었던 점은 서툴게 영어로 말하는 우리를 보고 직원이 우리에게 한국어로 대답해준 것이다. 알고 보니 한국인이었다. 뉴질랜드로 유학 온 학생이었는데 워킹 홀리데이처럼 일하고 계셨다. 정말 오랜만에 한국어를 쓰는 사람을 만났다. 생각해보니 여행을 하면서 한국인은 처음으로 만났던 것 같다.

배가 고팠던 만큼 맛도 정말 있었다. 우리 뒤에 있던 테이블에는 어떤 외국인이 혼자서 쌀국수를 두 개 먹고 있었다. 엄청나게 배고픈 우리조차도 하나씩 먹고 있는데 상당히 배고프셨나 보다. 양도 풍족하고 국물도 따뜻하며 맛은 한국과 똑같은, 맛있는 쌀국수였다.

도로 곳곳에 킥보드가 널브러져 있었다. 한국에서와 같은 킥보드 시스템이 정착된 듯싶었다. 한번 타볼까 했지만 귀찮아서 그만두었다. 밥을 먹고 나오니 여전히 텅 빈 거리였다. 모든 상점의 문이 닫혀있었다. 하긴 시간이 되기는 했다. 도로 중간에 있던 트램길을 보니 운행하는 모습을 보고 싶었다.

숙소로 돌아가는 길에 헬스장이 있었다. 운동을 안 한 지 너무 오래되기도 했고, 뉴질랜드 헬스장을 경험해보고 싶어서 가기로 했다. 도착하니 불이 켜져 있고 안에는 외국인들이 운동도 하고 있었다. 입장하려면 회원 카드가 있어야 했다. 우리는 물론 1일권을 끊으려고 했다. 문이 열릴 때까지 기다렸다. 초인종

을 눌러보고 전화도 해보았지만, 문은 열리지 않았다. 혹여나 나오는 외국인이 있으면 이 틈에 들어가고자 했으나 몇 분이 지나도록 문은 닫혀있었다. 아주 우리보고 들어오지 말라고 하는 느낌이었다. 그래서 질질 끌지 않고 여기서 포기해버렸다. 원하는 대로만은 할 수 없는 법이다.

[19.08.11. 한국인이 서빙한 뉴질랜드에서 먹는 쌀국수.]

배는 채웠고, 주변은 휑해서 숙소로 바로 돌아왔다. 우리가 지금까지 묵었던 숙소 중에서 가장 저렴한 곳이어서 그런지 시설이 되게 열악하기는 했다. 방도 침대 3개가 다닥다닥 붙어있는 게 끝이었다. 화장실과 샤워실도 좁고 많은 인원이 공용으로 사용해야 했다. 어차피 내일 이른 아침부터 출발해야 하니 좋은 숙소에 묵을 필요가 없기는 했다.

우리는 서둘러 씻고는 잠을 자기로 했다. 내일 이른 아침부터 나가야 하기 때문이다. 자기 전에 픽턴에서 산 머드쉐이크를 마셨다. 한국에서는 보지 못

했던 맛을 마셨는데 별로였다. 괜히 한국에서 못 본 것이 아니었다. 가루약을 술에 타 먹는 맛이었다.

[19.08.11. 누추한 곳이지만 우리가 있으면 고풍진 곳이 된다.]

"여행의 또 다른 묘미가 다른 세계에 사는 사람들의 일상을 엿볼 수 있다는 것도 있는 것 같다."

7. 마운트쿡

(1) 설산으로 가는 여정

정말 이른 시간부터 우리의 여정은 시작되었다. 바로 옆 방에 사람들이 자고 있기에 조용히 준비했다. 마운트쿡은 뉴질랜드 여행 중에서 정말 우리가 가장 기대하던 장소 중의 하나였다. 그래서 늦게 자고 일찍 일어났지만 피곤하지 않고 설레는 마음이 가득했다. 너무 이른 시간이어서 체크아웃을 대면으로 하지는 못했다. 키를 사무실 문틈으로 밀어서 반납했다. 보증금을 현금으로 냈었는데 지금 생각해보니 돌려받지 못한 것 같기도 하다. 이렇게 크라이스트처치와의 짧은 만남은 끝이 났다.

버스 정류장에 가니 직원분들이 우리를 반겨주었다. 이름 확인을 하고 각자

의 가방에 꼬리표를 달아주셨다. 이런 확실한 표식을 해주는 것이 맘에 든다. 아침을 간단하게 먹기 위해 바로 옆에 있던 대형마트에 갔다. 먹고 싶은 것들 투성이었다. 나는 과일 세트와 쿠키 타임을 사서 버스에서 먹었다. 마트에서 나오는데 정류장 쪽이 뭔가 부산스럽게 움직이고 있었다. 알고 보니 버스가 일찍 왔었고, 우리 3명만 타면 출발할 수 있는 상황이었다. 분명 시간을 지켜서 왔는데 어긴 것 같은 기분이 들었다. 알다가도 모를 인생이니 이해한다.

마운트쿡은 남섬에서도 거의 남쪽이라서 상당히 먼 곳이다. 그래서 우리는 크라이스트 처치에 잠깐 들른 것이었고, 여기서 출발해도 10시간 정도를 가야 했다. 그렇지만 이제 버스 타는 게 익숙하고 아무렇지 않다. 한국에서 2~3시간 거리를 버스 타고 이동하면 벌써 도착했네 하는 생각이 들 것도 같다.

그리고 중간에 쉬는 시간도 많아서 몸도 버틸 만했다. 몸이 쑤실만하면 쉬는 시간을 가졌다. 기사분께서 몸이 쑤실 시간과 우리가 쑤실 시간이 대충 맞아떨어진 덕이다. 버스에서의 시간 역시 여행이었고 즐거웠다. 가끔 느끼는 거지만 뭐든지 마음먹기에 달린 것 같다. 이 여행도 일이라고 생각했으면 부담을 느끼고 여유를 느끼지 못했을 것이다. 그렇지만 우리는 여행 그 자체로 받아들였고, 그래서 설레고 행복했다.

처음으로 휴식 타임을 가진 곳은 어느 휴게소였다. 날씨가 슬슬 차가워지는 것을 몸으로 느꼈다. 따뜻한 커피 한잔을 마시면서 시간을 보냈다. 조금 규모가 큰 휴게소였는데 기념품점도 근사하게 있어서 둘러보았다.

여기에서 인형들 역시 팔았는데 성목이의 시선을 한 번에 끌었던 인형이 있었으니 바로 알파카 인형이다. 부드러우면서 정말 귀여웠다. 우리 키위 가족에 정말 잘 어울리는 친구였다. 그런데 가격이 상상 이상으로 비싸서 사지는 못했지만, 뉴질랜드 여행을 하면서 적당한 가격을 만나면 하나 사려는 마

음을 먹었다. (결국, 성목이는 퀸즈타운에서 하나의 알파카를 키위 가족으로 영입하게 된다.)

그리고 나 또한 마음에 드는 키위새 인형이 또 하나 있길래 한 마리를 가족으로 영입했다. 이 인형은 이 휴게소에서밖에 팔지 않는 것이라 희소성도 있었다. (사실 내 바람일 뿐이다.)

[19.08.12. 알파카와의 첫 만남.]

버스 안에서의 일과는 버스 기사의 수다를 듣거나 바깥 풍경을 바라보는 것이다. 주의 깊게 수다를 들어보니 뉴질랜드에서는 딱히 물을 사 먹지 않아도 된다고 하셨다. 수돗물도 워낙에 깨끗해서 그냥 먹어도 탈이 없다고 했다. 서울 아리수 같은 느낌인가. 내가 그냥 물을 따라서 마셔보니 과연 그랬다.

영어 듣기의 집중력이 다할 때쯤은 바깥을 바라보면 된다. 뭔가 찌릿한 감정이 들었다. 생애 처음으로 설산이라는 것이 멀리 보였기 때문이다. 정말 온 산이 눈으로 뒤덮여 있었다. 아니 눈이 있는 곳에 산이 온 것일 수도 있겠다. 사진에는 내가 바라본 것과 같이 나오지 않아서 아쉽지만 정말 아름다웠다. 우리가 지금 저곳을 향해 달리고 있다고 생각하니 설레지 않을 수 없다.

[19.08.12. 감동은 이제 시작이다.]

휴게소를 포함하면 도착지까지 총 4번의 쉬는 시간을 가졌다. 각각의 쉬는 시간이 모두 기억에 남는다. 세 번째 쉬는 시간은 설산으로 둘러싸인 어느 고원에서 가졌다. 저 멀리 호수가 보였고 시들시들한 나무들이 생기있게 바람에 날리고 있었다. 어느 한국인 부부도 때마침 있어서 서로 사진을 찍어주며 추억을 담아주기도 했다. 메아리를 외치고 싶은 마음도 들었지만, 나중을 위해 일단은 아껴두었다.

[19.08.12. 이 정도 풍경은 기본이다.]

인터시티버스의 특징은 중간에 목적지를 계속 들러서 사람들을 내리게 하거나 태운다는 점이다. 그래서 의도치 않게 관광지를 가게 되는 때도 있다. 우리 역시 의도치 않았지만, 가게 된 관광지가 있는데 아직도 가슴 속에 감동이 남아있는 곳이 있다. 바로 테카포 호수라는 곳이다. 말로 표현할 수 없다는 말은 이런 곳에 쓰여야 한다. 정말 말이 안 되게 아름다웠다. 이건 선 넘은 아름다움이다. 비상식적이었다. 빙하가 녹은 물이라서 더욱 몽환적인 색을 가지는 이 호수는 예술이었다. 내가 예술가였다면 평생을 이곳에서 몸담으며 작품활동을 했으리라. 우리는 모두 말을 잃었고, 다른 관광객 또한 그 경관에 말을 잊지 못하였다. 소름 돋는 풍경이라는 말이 딱 어울릴 것 같다. 몸과 마음이 경건해지는 느낌이었다.

자연의 위대함에 대해서 제대로 알게 되었다. 이를 하나도 빠지지 않고 눈과 마음에 담기 위해 바빴다. 그렇지만 아무리 멋진 경관이더라도 생리적인 현상 앞에서는 무릎을 꿇어야 했다. 얼마 못 가 화장실이 정말 급해서 풍경을 뒤로한 채 화장실을 찾아다녀야 하기도 했다. (결국, 못 찾았다고 한다.)

[19.08.12. 최고의 경관과 어울리는 최고의 멋쟁이 셋.]

이곳은 중간에 잠깐 머물기에는 너무 아깝다. 여기만을 보러 또 와도 될 정도다. 근처에 숙소들도 많은 거 보니 그런 사람들이 많은가 보다. 내 느낌인데 살면서 여기에 또 올 것 같다. 머지않아.

몇 시간이 지나도록 물은 계속 마셨지만, 화장실을 가지 못해서 엄청나게 급한 상황이 오기도 했다. 심지어 화장실은 보이지 않았다. 참을 수 없는 풍경과 참을 수 없는 생리현상과의 대결이 있기도 했지만 결국 우리가 이겼다.

우리만이 알고 기억하는 추억이다. 자연 풍경 때문에 정신을 못 차려서 다행이었지 아니었으면…

그렇게 길고 길었던 시간이 흐르고 우리의 숙소로 도착했다. 우리도 여기가 우리 숙소인지 몰랐지만 우리들의 이름들을 서투르게 부르면서 내리라기에 내렸다. 숙소는 나무로 만든 집이었다. 보기에는 누추해 보이지만 안은 굉장히 푸근하고 아늑했다. 무엇보다 난방이 잘되었다.

[19.08.12. 아늑한 숙소에서.]

우리와 같이 내린 관광객 중에 대만 여자가 한 명 있었다. 지난번에 인터시티버스를 타면서 잠깐 봤었던 사람인데 우연히 이번 버스도 같이 탔고 또 우연히 우리와 같은 숙소에 머물게 되었다. 더 우연인 것은 이분은 우리 옆방에서 묵으셨다. 신기한 인연이구나 하고 생각했다. 노란 형광 스키복을 입

어서 눈에 띄는 그 인연은 앞으로도 계속된다. 신기해서 뒤에 또 적었다.

"말로 표현할 수 없다는 말은 이런 곳에 쓰는 것 같다. 정말 말이 안 되게 아름다웠다. 이건 선 넘은 아름다움이다."

(2) 한국이 여름일 때 눈싸움 해보기

숙소에 짐을 풀고 간단히 해결해야 할 것들을 완료한 후 점심을 먹으러 나왔다. 주변에 식당이 있기를 바라며 숙소 주인에게 물어봤더니 다행히 한두 개가 있는 듯싶었다. 눈이 소복이 쌓여 있는 것을 보니 설렜다. 뭉치기만 하면 금방 커다래지는 눈이었다. 한마디로 딱 놀기 좋은 눈이다.

이런 눈을 만나려면 기본적으로 날씨가 따뜻한 느낌이 있어야 한다. 눈끼리 얼지 말아야 눈 자체로 재미를 볼 수 있기 때문이다. 제대로 된 과학적 원리는 모르겠다. 그러나 이날은 눈도 많으면서 날씨가 따뜻한 하루였기에 눈을 가지고 놀기 딱 좋은 날이었던 것만큼은 분명했다.

식당은 한 곳밖에 보이지 않았다. 우리는 마운트쿡에 머물면서 모든 끼니를 이 식당에서 해결했다. 커다란 오두막 집으로 되어있었다. 내부는 따뜻한 기운이 돌고 돌아서 오래 앉아있고 싶기도 했다. 메뉴는 다양했는데 무엇보다 연어 관련된 메뉴가 많아서 아주 좋았다. 나는 연어를 정말 좋아한다. 뉴질랜드 연어를 먹어보니 뭔가 살아있는 것 같은 쫄깃한 식감과 담백함이 있었다.

느끼하지 않으면서 마음을 녹이는 촉촉함. 갓 잡은 연어로 요리하는 것 같았다. 이렇게 차가운 곳에서 잡은 연어는 맛이 좋다는 사실을 깨달았다.이것이 빙하를 머금은 연어의 맛인가. 이 식당에서 세 번의 끼니를 해결했는데, 나는 모든 메뉴에 연어가 들어간 음식을 먹었다.

이때가 아니면 언제 이렇게 맛있는 연어를 먹어 보겠나 하는 생각이 들었고 무엇보다, 정말 맛있었기 때문이다. 다른 메뉴들보다 값이 더 나갔음에도, 나는 무조건 연어를 고집했다.

우리 여행 중에서 가장 기억에 남는 음식을 꼽자면 아마 마운트쿡에서 먹은 연어 피자일 것이다. 별생각 없이 시킨 피자였는데 잊지 못할 맛을 느끼게 해주었다. 테카포 호수를 접할 때처럼 의도치 않은 행복이 오히려 의도한 것보다 행복하듯이 연어 피자는 정말 맛있었다. 그 맛을 또 느끼고 싶어서 우리 키위들이 이번 여행 이후로 또 제주도로 여행을 갔을 때 만들어 먹어보기도 했다. 나름 맛의 재현을 잘해낸 것 같다.

[19.08.12. 연어에 푹 빠져서 죽도록 좋았던 순간.]

도대체 식당에 있던 사람들은 무엇을 하는 것인지 밖을 나오니 사람이 아무도 없었다. 진짜 아무도 없었다. 기껏해야 가끔 저 멀리 자동차 한두 대씩 지나가는 정도였다. 오늘은 정말 우리만을 위한, 우리만이 주인공인 날인 것 같았다.

[19.08.12. 무엇을 상상하던 그 이상이다. '키슐랭' 만점.]

눈 세상이 전부 우리들의 것이었다. 너무 신이 난 나머지 눈 아래 무엇이 있을지도 모르는데 일단 무작정 밟고 뛰어다녔다. 신기한 것은 몸에 눈이 닿아도 옷이 젖지 않았다는 것이다. 순간 우리가 특별한 존재여서 그런 것인가 진지하게 고민하기도 했다.

가끔은 눈이 너무 높게 쌓여서 우리 몸이 다 잠기기도 했다. 사실 이때 조금 위협적이었다. 너무 푹푹 잘 빠져서 거동이 불편한 부분도 있었지만 흔치 못한 경험을 했다. 원래 호수가 있었는데 완벽히 꽁꽁 얼어서 (철저한 안전 검사를 하고) 그곳을 밟고 지나가기도 했다.

말 그대로 우리가 가는 곳이 곧 길이었다. 세계에서 최초로 이 눈길을 우리가 개척했다. 이건 정말 세계 최초였다. 넓은 공터에서는 우리 모두 누워서 팔 다리를 위아래로 흔들어 천사를 만들기도 했다. 천사가 누운 자리라서 그런지 천사가 왔다 간 자국이 남았다.

[19.08.12. 얼어붙은 호수 위에서.]

살짝 녹아있는 호수도 있었다. 그리고 그 앞에 넓고 예쁜 공터가 있어서 옛 추억을 되살리며 눈싸움을 했다. 딱 두 번의 큰 싸움만을 했는데 너무 힘들었다. 눈싸움이 체력적으로 이렇게 힘든지 처음 알았다. 해본 사람만이 공감할 것이다. 그런데 힘듦 그 이상으로 행복하고 재밌었다. 이 시간에 평생 웃을 웃음을 다 웃은 것 같다. 엄청나게 빵빵 웃으면서 우리는 동심으로 돌아갔다.

눈의 세계라는 것이 신기하다. 성인인 우리를 어린애들로 만들었고, 놀아도 놀아도 놀 것이 생겼다. 나중에 내 아기가 생긴다면 이런 눈 속에서 한 번쯤은 신이 나게 놀게 해주면 좋겠다는 생각이 문득 들었다. 겨울왕국 실사 판을 찍게 된다면 이곳을 추천하고 싶다.

실제로 눈의 마법이 있는 곳 같다. 중간에 눈도 몇 번 집어서 먹어보았는데 맛은 뭐 눈 맛이었다. 깨끗할 것으로 판단해서 먹은 것이었는데 찾아보니 공기 중의 불순물이 많이 묻어 있어서 아무리 깨끗해 보여도 먹으면 좋지 않다고 한다. 당연한 소리다.

[19.08.12. 놀랍게도 영화의 한 장면이 아니다.]

여기에는 산토끼들도 많이 뛰어다닌다. 춥지도 않은가 보다. 산토끼는 굉장히 재빨라서 보려고만 하면 어디론가 사라져버렸다. 그래서 교감을 하며 같이 재밌게 놀지는 못했다. 그래도 되게 자주 눈에 띄었는데 동물들 사이에서도 우리가 왔다는 소문이 났나 보다.

저녁도 역시 연어 관련된 메뉴를 먹었다. 점심때 먹은 연어 피자가 너무

인상 깊었어서 또 연어 피자를 먹었다. 정말 또 먹고 싶고 생각나는 맛이다. 연어는 언제나 옳다. 식당 밖에 누가 눈사람을 만들어 놨었다. 갑자기 사악한 마음이 들어서 괜히 부수고 싶은 마음이 아주 조금 들기는 했지만, 동심의 마음을 유지하기 위해 귀엽게 사진 한 장 찍고 보내줬다. 우리가 해치지 않았기에 오늘날에 올라프가 존재하게 된 것이 아닐까 억지로 추측해본다. 이때부터인가 멀쩡하던 핸드폰 카메라 셔터 소리가 들리지 않기 시작했다. 핸드폰을 눈 속에 너무 파묻은 나머지 스피커가 고장이 난 것 같았다. 노래를 크게 틀어보았는데도 소리는 나오지 않았다. 아쉽지만 그래도 수명을 이 아름다운 곳에서 다하니 복된 마무리라고 생각했다. (그런데 사실 고장이 난 것이 아니었다. 그 이후의 상황은 뒤에 나온다.)

다른 사람이 만든 눈사람에 영감을 받아서 저녁을 먹고 우리도 우리만의 눈사람을 만들려고 했다. 그런데 너무 피곤해서 일단은 숙소로 왔다. 종일 눈 속에 있었으므로, 우선 감기 걸리지 않도록 따뜻한 물로 씻고 휴식을 취했다. 그러다 보니 밖을 또 나가고 싶은 마음이 사라져서 눈사람 만들기는 잊어버렸다. 내일도 있고 하니.

몸 좀 녹이다가 숙소 옥상이 있어서 올라갔다. 숙소가 통나무집인데 현대적이어서 옥상을 가면 이태원 루프탑 같은 모습을 풍긴다. 다행히 지붕으로 잘 덮여있어서 춥지는 않았다.어떤 한국인 연인이 있었다. 라면을 먹고 있었는데 그 냄새가 너무 자극적이었다.

역시 여행의 마무리는 라면인가. 먹고 싶어서 계속 한입만 달라고 눈치를 보냈지만 결국 실패했다. 대신에 숙소로 돌아와 인터시티버스를 타기 전에 샀던 통조림 스파게티를 해먹었다. 너무 인스턴트 맛이 강해서 다 먹지는 못했다. 외국에서 자취하게 되면 이런 맛에 익숙해질 것 같다.

[19.08.12. 사방이 눈이고 우리가 가는 곳이 길이니라.]

(2) 한국이 여름일 때 눈싸움 해보기

[19.08.12. 에베레스트 업그레이드 버전 정복.]

[19.08.12. 저기 뭐 없다.]

침대에 누우니 생각보다 몸이 정말 피곤하기는 했다는 것을 느낄 수 있었다. 눈도 굉장히 피로했다. 하긴 살면서 이런 풍경을 본 적이 없으니 눈도 적잖이 당황했을 것이다. 나의 눈 보호를 위해서라도 빨리 잠을 청했다.

아침에 알람이 울려서 눈을 떴다. 보통 알람이 울리기 전에 일어나는데 그만큼 푹 잤다. 그런데 여기서 놀라운 점은 어제 고장이 난 줄로만 알았던 내 핸드폰에서 알람이 울린 것이다. 스피커가 다시 원상복구가 되었다. 그러니 혹시나 핸드폰 스피커가 물먹은 바람에 소리가 안 나온다면 알람을 맞춰놓고

하루만 기다려 보라. 기적같이 다시 살아날 수도 있다.

[19.08.12. 우리가 지켜보는 게 아니라 토끼가 우리를 보고 있다.]

커튼을 쳐보니 눈앞에는 눈들이 여전히 아름답게 쌓여 있었다. 허나 한 가지 다른 점은 안개가 자욱하고 날씨가 추웠다. 이 말은 즉슨 눈이 뭉쳐지지 않고 딱딱하고 깨지는 눈이 되어버려서 놀기에 적합하지 않은 날이 되었다는 뜻이다. 우리가 어제 와서 다행이지 오늘 여기에 왔다면 어제의 감동은 없었을 것이다. 정말 시기와 날씨를 타고난 것 같다.

[19.08.12. 우리가 만든 것 마냥.]

[19.09.13. 기상 후 베란다에서.]

아침으로 가볍게 연어 샌드위치를 먹었다. 체크아웃하고 나오니 다음 버스 시간까지 좀 많이 남아서 주변 산책을 했다. 사실 옆에 있는 산을 등산하고 싶었으나 장비가 여의치 않아서 포기했다. 우리의 신기한 인연이었던 그 대만 관광객은 등산하러 간다고 했다. 부지런한 그 열정이 대단하다. 우리는 대신에 열려있는 관광청과 기념품점을 구경했다. 관광청 지하에 극장처럼 되어있는 곳에 영상이 계속 틀어져 있었다. 브런치를 먹은 지 얼마 안 된 시점이라 나른하기도 해서 잠깐 쪽잠을 잤다.

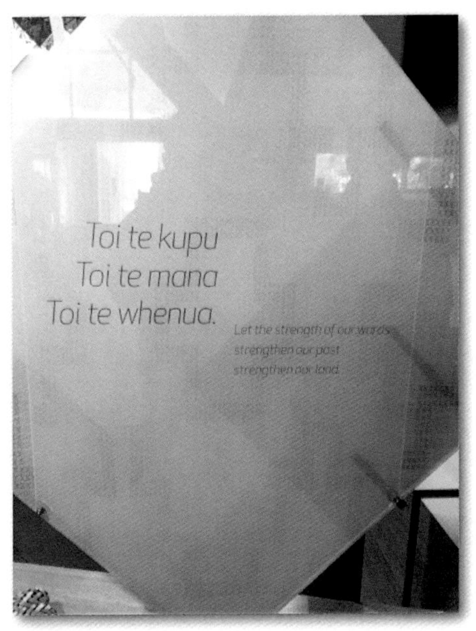

[19.08.14. 관광청에 있던 인상 깊은 문장.]

아쉽지만 이 아름다운 풍경을 뒤로하고 인터시티 버스를 탈 시간이 되었다. 지금 생각해보면 어떻게 잘 찾아갔나 싶을 정도로 정류소까지의 길이 어려웠던 것 같다. 무슨 건물을 지나 엘리베이터를 타고, 긴 통로를 지나 밖으로 빠져나가고, 주차장 쪽으로 걸어갔어야 했다.

다행히도 민성이의 독도법 기술 덕분에 퀸즈타운으로 가는 인터시티 버스에 몸을 실을 수 있었다. 이 여정 중에 우리는 또 하나의 식당을 발견했다. 훨씬 싼 가격에 맛도 있어 보이는 식당이어서 이제야 발견했다는 점이 아쉬웠지만, 실컷 연어를 즐기고, 연어 피자라는 매력을 알게 되었으니 후회는 없다. 지나간 것은 지나간 대로. 버스 기사분이 역시 흥이 많고 말도 많은 분이셔서 잠을 이루기가 힘들었다.

"의도치 않은 행복이 오히려 의도한 것보다 행복하듯이 연어 피자는 정말 맛있었다."

8. 퀸즈타운

(1) 뉴질랜드에서 화려한 밤은 처음이라

퀸즈타운으로 가는 인터시티 버스는 뉴질랜드에서 타는 마지막 버스였다. 곧, 우리의 뉴질랜드 여행에서 마지막 지역이 되는 셈이다. 이번에도 꽤 장시간 버스에 있었다. 중간에 들른 과일가게에서 과일 세트를 사 먹었는데 정말 맛있었다. 오랜만에 용과도 보이길래 10불의 가격이었음에도 사서 먹어봤는데 이것은 별로였다. 이전에 먹은 과일들이 워낙 달아서 그런 것 같다. 흔한 과일을 고르는 것이 실패하지 않는 방법이다. 뉴질랜드 과일들은 대체로 싸고 맛있다. 여기서 과일을 자주 사 먹었다.

버스가 이번에는 특이하게 도심 한가운데에서 우리를 내려줬다. 주변에 스

키 장비를 파는 데가 많이 보였다. 내일이면 호주로 떠나기에 뉴질랜드 화폐를 모두 써야 했다. 호주 달러가 너무 많았던 성목이는 뉴질랜드 달러로 일부 환전했는데, 수수료를 조금 바가지 쓰였던 것 같다. 어딜 가나 외국인이 불리하기는 하다. I-Sight 관광청이었던 것 같은데 너무하다.

저녁에 도착한 퀸즈타운의 첫인상은 정말 활기찼다. 그동안 보지 못했던 밤거리의 풍경과 돌아다니는 사람들을 볼 수 있었다. 정말 오랜만에 밤이 환한 뉴질랜드를 보니 기분이 절로 좋아졌고, 퀸즈타운에서의 여행이 기대되었다. 저녁 감성과 뉴질랜드 마지막 여행이라는 감성이 더해져서 돈을 아낌없이 쓰는 우리의 행태가 되살아나기 시작했다.

오클랜드라는 대도시에서조차 느껴보지 못했던 활기찬 밤 분위기를 느낄 수 있어서 우리는 너무 설레고 좋았다. 무엇보다 여기는 쇼핑할 거리가 정말 많았다. 뉴질랜드의 마지막 도시이기도 하고 돈도 많이 남았겠다, 내일 할 쇼핑을 위해 오늘 미리 물색해 놓기로 했다.

정말 설레지 아니할 수가 없었다. 글을 쓰는 지금도 설렘 가득하다. 역시 여행은 돈을 써야 하나 보다. 여행은 돈으로 시작한다.

우리가 새로운 지역에 도착하자마자 처음으로 하는 일인 숙소 찾기를 먼저 했다. 잠을 자는 곳은 괜히 정이 가고 마음이 가는 곳이다. 저 멀리 산 높은 곳에 케이블카가 있었고, 거기에 호텔처럼 생긴 곳이 있었다. 좋아 보이기는 했으나 어떻게 저기까지 올라가지 막막했다. (물론 우리의 숙소는 아니었다.) 케이블카도 마감해서 운행하지 않던데, 저런 곳에 묵으면 호텔에만 있어야겠다.

우리는 다행히 산 중턱에 있었다. 그래도 상당히 걸어야 했다. 처음에 길을 잘못 들어서 다른 호텔로 가버렸다. 담장이 높아서 다시 돌아가야 했다. 돌아

가기 위해 뒤를 보는데 우리 뒤로 정말 아름다운 야경이 펼쳐지고 있었다.

길을 잃었기에 이렇게 소중한 장면을 목격할 수 있었다. 인생은 새옹지마이다. 길을 잃는 대신 아름다운 야경을 잃지 않아서 천만다행이라고 생각이 들었다.

[19.08.13. 사실 진짜 포인트는 오른쪽 구석에 있다.]

체크인하는데 직원 남자분이 내 카카오 라이언 카드를 보시고는 귀엽다며 엄청나게 웃으셨다. 우리 애기가 (민성이) 더 귀엽다고 말하고 싶었으나 참았다. 집 안에도 간이 주방이 있었는데 숙소 건물 중에도 넓은 주방이 있어서 이를 좀 활용해보기로 했다. 마트에서 고기를 사서 구워먹을 계획을 세웠다. 숙소 내부는 정말 깔끔하고 넓었다. 방도 넓고 침대도 여러 개여서 3명인 우리가 정말 편하게 자고 쓸 수 있었다.

저녁으로 고기를 구워 먹을 것이지만 언제나 굶주린 상태인 우리는 조금은 거창한 간식을 먹으러 갔다. 버스에서 잠깐 알아본 엄청나게 유명한 햄버거집이 있었다.

이곳에 갔는데 역시 유명했다. 많은 사람이 긴 줄을 서고 있었다. 우리도 재빨리 합류했다. 문제는 자리였다. 눈치껏 자리가 빌 것 같은 곳 옆에서 대기를 타다가 비자마자 재빨리 앉았다.

[19.08.13. 뒤에 앤 해서웨이.]

나는 모든 메뉴가 들어있는 거대버거를 주문했다. 사슴고기 같은 신기한 고기 패티 버거들도 많았던 것으로 기억한다. 양이 어마어마하게 많았다. 내가 시킨 버거는 18.90불의 가격이었다. 솔직히 나중에는 물려서 다 먹는데 애쓰기는 했다. 버거에 튀김과 음료까지 먹었다면 아주 배가 터졌을 것이다. 우리는 또 고기를 구워먹어야 하니 배를 위해 어느 정도 양보했다.

이 햄버거 가게에서 우리의 대만 여행자와의 인연은 또다시 시작되었다. 마운트쿡에서 옆 방을 썼던 대만여자를 또 만난 것이다. 똑같은 노란 형광 옷을 입고 있었는데 괜히 정말 반가웠다. 세상이 이렇게 좁은 곳인가 새삼 느끼기도 했다. 그분도 우리를 마치 아는 사람처럼 반갑게 인사해주셔서 좋았다. 정말 신기한 인연이었다.

쇼핑 품목들을 나름 정하고, 합리적인 가격대의 상점들도 찾아놨다. 나는 참지 못하고 키위새를 또 영입했다. 그리고 숙소에서 해먹을 재료들을 사러 가게에 갔다. 캠핑할 때도 마찬가지지만 먹을거리를 사기 위해 쇼핑하는 것은 즐거운 일이다. 우리는 행복한 고민에 빠졌다. 고기들이 가격이 정말 저렴했고 전부 맛있어 보였기에 다 먹고 싶었다. 나름의 고심 끝에 몇 가지를 고르고, 밤에 안주로 먹을 연어도 샀다. 연어와 우리의 인연은 퀸즈타운에 와서도 계속된다.

[19.08.13. 쇼핑할 때가 가장 즐거운 법.]

술을 사는데 우리의 주민등록증을 철저하게 검사해서 기분이 좋았다. 어릴 때는 주민등록증을 보여주는 것이 귀찮을 것만 같았는데, 막상 성인이 되니 이 검사를 하지 않으면 속상해지는 날이 왔다. 그러나 우리는 검사를 받았으니, (그것도 철저하게) 아직 어려 보이나 보다. 젊어지는 여행이다.

[19.08.13.사람 지나가기 전에 후다닥.]

숙소로 돌아와서는 고기를 구워먹고 싶었으나 간식으로 먹으려던 버거가 너무 배불러서 다음 날 구워 먹기로 했다. 대신에 또다시 연어를 먹었다. 맥주와 함께 한 안주였는데 여전히 맛있었지만 마운트쿡에서의 살아 움직이는 맛은 없어서 아쉬웠다. 벌써 그리운 맛이 됐다.

안주로 연어는 참 적당한 것 같다. 짠맛과 느글한 맛이 맥주와 균형을 이룬다. 더욱이 오늘은 뉴질랜드에서의 마지막 밤이 다가오는 밤이었다. 완전 마지막 밤은 아니었지만, 마지막 밤처럼 분위기를 느껴보기로 했다. 돌이켜보니 길지만 짧은 나날들이었다. 날짜로 치면 며칠 되지 않지만 좋은 추억으로 치면 내 인생의 절반을 차지할 것만 같다. 여행 역사의 한 획을 그은 기분이다.

[19.08.13. 뉴질랜드에서의 마지막 같은 밤은 연어와 함께.]

"길지만 짧은 나날들이었다. 날짜로 치면 며칠 되지 않지만 좋은 추억으로 치면 내 인생의 절반을 차지할 것만 같다. 여행 역사의 한 획을 그은 기분이다."

(2) 자연은 훅, 스피드는 어퍼컷. 결국 제트보트로 넉다운.

아침부터 기분 좋게 일어났다. 오늘은 쇼핑을 계획한 날이기 때문이다. 어제 정말 사고 싶은 것들이 많았지만, 밤의 기운에 취해서 충동적으로 살까 봐 참았었다. 사실 어제 나는 키위 인형을 하나 더 샀었다. 그래서 지역별로 키위새를 한 종류씩 모을 수 있었다.

성목이는 저번 휴게소에서 충동구매할 뻔한 알파카를 여기서 합리적인 가격으로 샀다. 지역마다 인형의 특색이 조금씩 다르다는 것을 느꼈다. 날씨가 추워지는 남부 쪽으로 갈수록 인형에 옷 같은 장식이 덧붙여졌다. 내가 봐온 바로는 그렇다.

[19.08.14. 키위 가족 완성.]

아침은 어제 장을 볼 때 샀던 것들을 최대한 이용해서 먹었다. 와이토모 숙소에서 먹었던 시리얼이 생각나서 간편한 시리얼도 하나씩 샀었다. 신선한 참외와 먹는 키위 그리고 수프도 했다. 아침에도 여전히 연어는 빠지지 않았다. 연어 뽕은 제대로 뽑은 것 같다. 보기만 해도 흐뭇해지는 아침이다.

아침 공기를 마시기 위해 잠깐 발코니 쪽으로 나왔는데 숙소를 보니까 굉장히 건물이 예뻐 보였다. 밤에는 보지 못했던 모습이었는데 근사했다. 지붕 쪽에 불빛을 달아놓으면 밤에도 예뻤을 것 같다.

[19.08.14. 탄단지 완벽 조화.]

[19.08.14. 정갈하게 모여있는 숙소.]

뉴질랜드는 내일 떠나지만, 예약이 꽉 찰 수도 있으니 공항까지 가는 픽업 택시를 미리 예약했다. 오늘은 뉴질랜드에서의 마지막 날이었고, 내일 14시에 호주로 가는 비행기에 몸을 싣는다. 공항으로 가는 방법은 많지만 우리는 편하게 택시를 예약했다. 대중교통을 알아보는 것은 여전히 귀찮았다. 공항은 퀸스타운 공항을 이용했다.

쇼핑을 하기 전에 정처 없이 돌아다니다 보니 제트보트 타는 곳에 가게 됐다. 사실 어제 좀 알아봤었다. 근처를 지나가는데 직원 외국인 형님이 엄청나게 쿨하게, 재밌으니까 타보라고 하시길래 다음날 시간을 미리 알아놨던 것이다. 날씨 탓에 제트보트를 운영할 수 있는 날은 얼마 되지 않는다고 한다. 이런 것을 처음 타보는데, 심지어 외국에서 타는 것이라 조마조마했지만 역시 예상치 못한 즐거움이 뇌리에 박히는 법이다.

[19.08.14. 자연과 인간 세계의 아름다운 조화.]

(2) 자연은 훅, 스피드는 어퍼컷. 결국 제트보트로 넉다운.

제트보트는 정말 믿어지지 않을 정도로 재밌었다. 풍경이 기가 막혔다. 추운 날씨 때문에 타고나면 온몸이 얼어붙기는 했지만 타는 와중에는 추위를 전혀 느끼지 못했을 정도로 속도와 자연에 빠져들었다. 그야말로 황홀한 경험을 했다.

좀 과장하면 몸과 마음이 흥분되고 두 눈과 내 영혼이 맑아지는 느낌이다랄까. 더욱이 재밌었던 것은 우리가 맨 앞에서 탔고, 엄청나게 소리 지르면서 분위기를 주도하면서 탔다는 점이다.

워낙 속도가 빨라서 보트가 지나간 곳은 파도가 출렁거린다. 이 파도의 흐름을 역으로 타면서 회전을 돌며 운전을 해주셨는데 정말 스릴이 넘쳤다.

[19.08.14. 이 사진을 끝으로 추위와 물 때문에 핸드폰이 꺼졌다.]

타보니까 호응이 좋을수록 턴을 많이 해주는 것 같았다. 그래서 우리는 미친

호응을 했고 그에 상응하는 회전 스릴을 얻을 수 있었다. 아마 우리 같은 탑승자를 원하지 않았을까 싶다.

중간에 운전사 누나께서 엄청나게 과속을 하더니 무슨 다리 사이로 지나갔는데 안 부딪힌 게 신기할 정도로 빨리 갔다. 부딪힐 수밖에 없을 것 같던데 과연 우리가 그토록 외쳤던 *Best Driver* 셨다!

그런데 다리를 지나고 보니 빨리 온 이유를 알겠다. 눈이 내려앉은 산과 호수의 그야말로 상상 속에서만 존재하는 풍경이 내 눈앞에 있었기 때문이다. 이런 풍경을 바라보면서 심지어 신 나고 짜릿한 제트보트를 타고 있으니 천국이 따로 없었다. 안 그래도 추운 날씨에 물까지 맞은 탓에 핸드폰은 꺼져버려서 정작 다리 너머의 모습을 사진으로 남기지는 못했지만, 마음으로 충분히 찍으며 남겨두었다.

잊지 못할 풍경이다. 마운트쿡의 풍경과 견줄만하다. 뉴질랜드 여행 *TOP3* 풍경 중의 하나로 넣어야겠다. 제트보트를 타는 전 과정을 녹화하여 나중에 파는 것이 있었는데 우리는 바로 사버렸다. 그 자연을 생각하면 38불 정도가 전혀 아깝지 않았다. 그러나 지금은 막상 그 영상을 찾아보지는 않는다. 원래 여행 때는 의지가 넘치는 법이니.

그렇게 홀딱 젖고 에너지까지 소비했지만 그래도 힘이 넘쳤다. 우리가 묵었던 숙소 근처에 등산로가 있어서 우리는 산을 타러 갔다. 잠깐 오르다가 사진 찍기 좋은 곳을 발견했다. 여기를 아는 한국인은 아마 없을 것 같다. 여행까지 와서 굳이 산을 타보려 하지 않는 이상은 찾을 수 없는 기가 막히는 공간이다.

보트를 타면서 봤던 눈 덮인 산들을 높은 데서 바라보니까 또 다른 느낌이었

다. 여전히 심하게 아름다웠다. 산에서 험하게 산악자전거를 타는 외국인도 만났다. 괜히 멋있어 보였지만 따라 하고 싶지는 않았다. 알고 보니 산악자전거를 타기 좋은 길이었다. 되게 길이 가파르던데 인간은 스릴을 즐기는 부류가 있으니. 나는 아닌 것 같으면서도 조금 전의 제트보트를 떠올리면 일부는 그런 것 같기도 하다.

[19.08.14. 예쁜 자연과 어울리는 아름다운 우리.]

이제 지칠 대로 지쳐서 점심을 먹으러 갔다. 별 고민 없이 타이 음식점에 갔다. 왜 별 고민을 하지 않았을까에 대해 의문이 든다. 뉴질랜드까지 와서 여기 들어온 것이 후회스러울 정도로 별로였던 것으로 기억한다. 내가 메뉴를 잘못 골라서 그렇지 민성이와 성목이의 음식은 맛있었다. 그래도 가끔은 실패도 있어야 재밌는 거라며 스스로 위로했던 기억이 있다. 밥을 먹고 밖에 나왔는데 밥을 먹은 것 같지 않은 기분이 들기는 했다. 그렇지만 이제는 드디어 기다리고 기다리던 쇼핑을 할 시간이 왔다. 이 정도로 기대를 많이 했으면 실망도 클 법하지만 설렘이 계속되었고, 만족스러운 쇼핑을 했다. 기대가 클수록 실망도 크지만, 실망을 하지 않는다면 설렘이 몇 배가 되는 것 같다.

[19.08.14. 예쁜 퀸즈다운 표지판.]

정신없이 긴 시간 쇼핑을 했더니 어느덧 해가 졌다. 저녁을 먹기 위해 숙소로 복귀했다. 어제 장을 본 고기들을 먹을 예정이었다. 숙소에는 부엌만을 모아둔 커다란 장소가 따로 있었는데, 거기서 조리를 하고 먹으면 되는 것이었다. 우리가 숙소를 예약할 때 부가 서비스로 추가했었는지 무료로 이용할 수 있었다. (원래는 조리기구를 빌려야 했다.)

집 열쇠로 싱크대 아래쪽 서랍을 열어보니까 식기구가 나왔다. 깨끗이 다시 씻어서 사용했다. 우리가 들어오기 이전에 딱 봐도 한국인인 아주머니와 아이가 다 먹고 가시려고 하길래 한국어로 인사를 했더니 엄청나게 깜짝 놀라

하셨다. 갑자기 한국어를 들어서 그렇단다. 하긴 우리도 여행하면서 한국어로 인사 들어볼 일이 없긴 했다.

부엌을 이용하는 사람이 우리밖에 없어서 모든 전자레인지를 쓸 수 있었다. 소고기를 각자 한 덩이씩 취향대로 굽고, 마지막에는 라면까지 해먹었다. 라면에도 소고기를 넣어서 먹었다. 중간에 어떤 외국인 아저씨가 들어오더니 우리에게 막 소리치고 화내더니 다시 가셨던 것 같기도 하다. 무슨 일인지 모르겠지만 대충 인종차별이었던 것 같기도 하다. 그렇지만 소고기 앞이라 별로 신경 쓰지 않아서 기억이 잘 나지는 않는다.

뉴질랜드에서 정말 소고기로 배 많이 채웠다. 슈퍼마켓에서 고기를 사면 정말 싼 가격에 많이 먹을 수 있는데, 지금까지 식당에서 스테이크를 먹으면서 몇 배 차이 나는 가격을 냈구나 하는 생각이 문득 들었다. 그렇지만 저마다 매력이 다르니, 아깝지는 않고 다만 식당에서도 먹고 또 집에서도 계속 구워 먹을 걸 하는 아쉬움이 남는다. 고기에 대한 욕심은 끝없다.

[19.08.14. 빛깔 좋은 남반구 소고기.]

[19.08.14. 우리는 요리왕.]

그렇게 뉴질랜드에서의 마지막 밤을 맛있게, 그리고 잔잔하게 보냈다. 시원섭섭한 마음에 잠이 잘 오지 않을까 싶었지만 온종일 많은 에너지를 써서 그런지 바로 잠이 들었다.

아침에는 여유롭게 부엌에서 빵을 구워 먹었다. 잼을 큰 거로 하나 샀었는데 통째로 다 먹어버렸다. 시리얼과 수프까지 먹으니 이제는 완전 외국 적응을 한 것 같다. 이 숙소의 주방이 정말 마음에 들었다. 우리는 마무리도 되게 깔끔하게 정리한다. 문화 시민으로서 당연한 일이라 생각한다. 깨끗이 사용한 용품들을 설거지하고, 식탁을 닦았다. 한국인의 흔적을 남기는 것도 좋지만, 한국인이 지나간 자리는 아무 흔적이 남지 않는 것이 더 좋은 것 같다.

[19.08.15. 외국 적응 완료]

해외여행을 오면 이런 여유가 있는 것 같다. 아침에 시리얼과 빵을 먹는 것은 사실 한국에서도 나는 그렇게 먹는다. 그러나 충분히 한국에서도 할 수 있는 일이지만, 여행을 와야 의미가 있어진다.

어제 미리 예약한 택시 픽업 시간까지 조금 남아서 이번에는 한 번 각자 돌아다녀 보기로 했다. 처음으로 우리 셋이 다니지 않고 개별적으로 돌아다닌 것이다. 한 시간 정도 돌아다녔다. 이 시간 동안 민성이는 호빗 촬영지에서 금색 반지를 샀었는데 역시 반지의 제왕 팬인지라, 고심 끝에 은색 반지를 하나 더 샀다.

나는 뉴질랜드에 있으면서 지금까지 몇 번 쿠키타임 쿠키를 먹었다. 그러면서 이 쿠키에 빠진 상태였는데 마침 퀸즈타운데 쿠키타임 카페가 있어서 갔다. 하나의 인기 메뉴를 주문했다.

카페 내부에는 충동구매를 할 법한 쿠키들이 정말 많았지만 일단 절제했다. 당장 오늘 비행기를 타기에 불필요한 짐을 줄이고 싶었다. (그리고 어제 쇼핑한 것들로 이미 짝 차기도 했다.) 음료가 나왔는데 그 모습이 먹기 아까울 정도로 예쁜 모습이었고, 딱 보기에도 달아 보였다. 맛을 보니 완전 세상 달달한 음료였다. 정신이 바짝 차려졌다. 달달한 것을 좋아하는 나조차 다 먹기 힘든 달달함이었다.

[19.08.14. 좀 과하게 달았지만, 귀여운 쿠키타임 캐릭터가 쳐다보고 있어서 다 먹었다.]

음료를 마시며 제트보트를 탔던 바다를 거닐고 있는데, 우연히 바닷가에서

성목이를 만났다. 얼마 안 돼서 민성이까지 합류했다. 우리는 만날 수밖에 없는 운명이었나 보다. 생각해보니 언제, 어디서 만나자는 약속을 하지도 않았었는데 신기하게 만날 수 있었다.

나는 외국에 갈 때마다 원서 서적을 한 권씩 구매한다. 이번에도 원서 서적을 사기 위해 근처에 있는 서점에 들렀다. 역시 책 구경은 재미있다. 새 책 냄새를 맡는 것을 좋아한다. 비록 다 영어로 된 책이었지만 읽고 싶은 책들이 천지였다. 그중에서 맘에 드는 책이 두 권 있어서 바로 사버렸다. 이런 유익한 것은 딱히 억제하지 않는다. 나는 이 책을 비행기 안이나 여러 이동 소요가 있을 때 읽고자 다짐했고 어느 정도 달성하였다. 민성이와 성목이도 각각 책을 샀다.

이렇게 돌아다녔는데도 시간이 조금 남았다. 때마침 바로 앞에 바버샵이 있길래 머리를 자르기 위해 갔다. 예전에 미국에 있는 바버샵에서 머리를 손질한 적이 있는데 현지인의 마음을 느낄 수 있었던 기억이 있다. 바버샵에 들어가자마자 나는 뉴질랜드에 왔으니 뉴질랜드식 머리로 해달라고 했다. (그런 게 있는지 모르겠지만) 시원시원하게 잘라주셨다. 옆 뒤가 시원해지니 좋았다.

이제 우리들의 손에는 여러 개의 쇼핑백이 들려있다. 잠시 쉬기 위해 커다란 카페에 갔다. 굳이 검색해서 찾아간 카페는 아니었는데 유명한 카페였다. 여기서 따뜻한 커피 한 잔을 마셨다. 맛보다 마음에 들었던 것은 우리가 앉은 자리였다. 창가 쪽에 앉았는데 제트보트를 탈 때의 그 풍경이 보였다. 이 아름다움이란.. 잊을 수가 없다. 모래 바깥으로 펼쳐져 있는 담장 앞에서는 SNS 여행홍보에 나올 법한 사람들이 컨셉샷을 찍고 있었다. 그럴만한 곳이다. 이곳이 얼마나 아름다운지는 와봐야 안다. 그렇다고 많은 사람이 보러 와서 환경이 훼손되지는 않았으면 좋겠다. 품격있게 바라만 봤으면 좋겠다.

픽업 택시를 탈 시간이 됐다. 약속한 장소에 가니 택시가 우리를 기다리고 있었다. 많은 짐을 트렁크에 넣고 홀가분하게 택시를 탔다. 편안하게 공항까지 갈 수 있었다. 몸은 편안했지만, 뉴질랜드를 떠난다니 아쉬운 마음이 있었다. 그래도 더 나은 앞으로의 일정이 기다리고 있을 테니 놓아주려고 한다. 이제 뉴질랜드를 떠난다.

"역시 예상치 못한 즐거움이 뇌리에 박히는 법이다."

9. 호주 시드니

(1) 비자없이 호주로

탑승 절차를 밟기까지 시간이 좀 많이 남았다. 출발 2시간 전에 카운터가 업무를 시작한다고 해서 쉴 곳을 찾기 위해 돌아다녔다. 다행히 넓은 자리를 잡아서 짐들을 놓고 푹 쉬었다. 근처에 서점이 또 있어서 구경하다가 나는 키위새 엽서를 하나 샀다. 이렇게 보니 역시 키위새는 귀여웠다.

시간이 흐르고 우리 항공사가 열려서 갔다. 사람들이 어디선가 나타나더니 긴 줄을 만들었다. 오랜 시간 기다려서 결국 우리 차례가 되었다. 그러나 이때 지금까지 큰 난항 없이 순항하던 우리에게 큰 위기가 찾아왔다.

바로 호주로 가려면 비자가 필요한데 우리는 미처 몰랐던 것이다. 뉴질랜드는 비자가 필요 없기에 호주로 갈 때도 필요 없을 것으로 생각하고 비자를 고려조차 하지 않았었다. 잘 알아보지 못한 우리의 책임이므로 모든 결과는 우리 탓이었다. 그래서 만회해야 했다. 그렇지만 뭘 하든 일단은 잘 풀리는 우리기에 역경을 헤쳐나갈 것은 직감으로 알기는 했다. 직감이라는 것은 사실 우연이 아니고 여러 정황이 쌓이고 쌓여서 확실해지는 것 같다.

아무리 그래도 당황하기는 했다. 과연 비자를 당일에 발급받을 수 있을까가 문제였다. 이런 우리들의 모습을 보고는 직원이 친절하게 방법을 알려주셨다. 사람들이 정말 많아서 바빴지만 우리들이 불쌍해 보였던 것이다. 아쉽게도 우리 뒤의 외국인도 비자가 없는 듯 보였으나 우리처럼 직원이 나서서 해결해주지는 않았다. 아마 끝까지 헤매다가 비행기를 놓치지 않았을까 싶다.

허겁지겁 현장에서 비자를 만들고 승인까지 받을 수 있었다. 이제 남은 난항은 시간이었다. 우리가 타야 할 비행기 시간이 빠르게 다가왔다. 우리는 허겁지겁 비행기를 타러 갔다.

하필 급할 때 줄을 서 있는 사람이 많다. 이미 엎질러진 물이니 차분히 줄이 빠지기를 기다렸다. 줄이 줄어드는 것은 우리의 능력으로 할 수 없는 것이니. 조금만 더 늦었으면 못 탔을 것이다. 우리는 비행기의 거의 마지막 탑승객이었고, 비행기 안에 들어와서 자리를 잡자마자 곧 이륙했다.

우여곡절 끝에 호주에 잘 도착했다. 결론은 항상 긍정적인 엔딩이다. 이번 여행 와서 처음으로 지하철도 타보게 되었다. 공항 철도여서 그런지 전철이 매우 크고 깔끔했다. 심지어 놀랐던 것은 2층 전철이었다는 것이다. 내부는 매우 깔끔하고 조용해서 좋았다. 우리나라만 지하철이 깔끔한 줄 알았는데 여기도 그랬다. (호주 전체가 그런지는 잘 모른다.) 우리는 목적지를 놓칠까 봐 방송에 귀

를 기울이면서 집중하며 탔다.

[19.08.15. 급해도 급한 척 하지 않는 타입.]

우리의 목적지인 하이드 파크와 관련된 말이 들려서 내렸다. 그렇게 우리는 시드니 땅을 밟을 수 있게 되었다. 첫인상은 '여기가 호주구나' 였다. 딱 내가 생각한 호주의 모습이었다. 호주다웠다. 그 이상의 감상이 떠오르지 않았다. 호주는 정말 땅덩어리가 큰데 우리는 시드니밖에 가지 못했다. 그래도 감히 호주를 느꼈다고 할 수 있다.

어렵지 않게 숙소를 찾을 수 있었다. 숙소의 위치가 굉장히 좋았기 때문이다. 지하철역 바로 앞이었고, 어떤 관광지를 가든 가기 편했다. 시드니 시내의 중심인 것 같다는 인상을 받았다. 그도 그럴 것이, 사실 우리가 가는 곳이 언제나 중심이고 핵심이기 때문이다. (여전히 이러고 논다.)

[19.08.15. 깔끔한 시드니 열차.]

숙소의 내부도 위치만큼이나 아주 좋았다. 두 개의 깔끔한 침대와, 실용적인 부엌, 그리고 푸른 공원과 도심 일부가 어우러지는 바깥 풍경이 있었다. 사람은 세 명인데, 침대가 두 개라서 문제 될 것은 이제 없다. 자연스럽게 번갈아 가며 침대를 혼자서 쓰고, 같이 썼다.

이곳에서 우리는 3일을 묵는다. 호주에서 묵는 첫 번째 숙소이자 마지막 숙소이고, 유일한 숙소이다. 여기서 잠을 자다가 호주를 떠난다. 방금 들어온 숙소지만 마지막 숙소에 온 것을 생각하니 슬슬 여행이 마무리되는 느낌이 들었다. 아쉬운 마음이 들기 전에 우리는 짐을 풀고 시드니의 밤을 잠깐 맛보기 위해 돌아다녔다. 우리는 쉬어도 밖에서 쉰다.

[19.08.15. 키위 가족도 귀엽게 자리 잡았다.]

[19.08.15. 시드니에서의 첫 외출]

시드니의 저녁은 뉴질랜드보다 더 쌀쌀했다. 그렇지만 전체적으로 생기있게 밝은 느낌이었다. 저녁 시간에 문을 여는 상점을 보면 괜히 신기하고 반갑다. 거리에 사람들도 꽤 있었다. 확실히 자연보다는 도시에 가깝다는 인상이었다. 그러나 사실 호주도 역시 굉장한 자연이 함께 공존하는 곳이다.

역시나 세계적인 관광지답게 곳곳에 기념품 가게들이 있었다. 한 곳을 구경해보았다. 뉴질랜드와 구성이 비슷했는데 다른 점이 있다면 캥거루와 코알라 인형이 뉴질랜드의 키위 인형을 대신하고 있었다는 점이다.

호주에 왔으면 호주산 스테이크 맛도 봐야 하기에 우리는 당연하게 레스토랑에 갔다. 감자튀김이 두툼하니 정말 맛있었던 것으로 기억한다. 씹는 맛도 있고 감자 맛이 강한 튀김을 좋아하는데 여기가 딱 그랬다. 도박장도 함께 있는 식당이었는데 우리는 식사만 딱 했다.

[19.08.15. 호주 스테이크도 합격.]

이제는 주문도 수월하게 한다. 고기 굽기로 'Blue Rare'를 말하면 잘 이해하지 못하던데 내가 잘못 알고 있는 굽기인가 하는 의문도 들었다. 그럴 때면 'More Rare'라며 엉터리 영어를 구사하고는 했는데 어찌 되건 잘 통했다. 우리는 맛있게 식사를 하고, 성공적으로 호주산 스테이크를 맛보았다.

소화 좀 시킬 겸 주변 산책을 했다. 차이나타운도 지나쳤는데 사람들이 너무 바글거려서 빨리 벗어나고 싶은 곳 중의 하나였다. 그런데 여기서 상당히 인상 깊던 광경을 봤다. 어떤 아저씨가 싸이의 슈퍼맨이라는 노래를 가지고 풍선 안에 들어갔다가 나오는 뭔가 기이한 공연을 했었는데 뇌리에 박혀서 잊히지가 않는다. 괜히 짠하기도 했다. 워낙에 충격적인 공연이어서 멍하니 바라보기만 했더니 사진으로 남길 수 없었다.

[19.08.15. 거의 풀리기 직전에 100초가 되었다.]

중간에 공원이 나왔다. 철봉이 있었는데 문득 북섬에서 남섬으로 넘어오기 전에 스타디움에서 보았던 100초 버티기 챌린지가 생각났다. 그래서 해보았다. 이게 생각보다 정말 힘들었다. 이것의 핵심은 힘을 떠나서 악력이 필요했다. 결국, 100초는 버텼는데 쉽지만은 않은 행위였다.

지나가다 보니 요미라는 이색 카페가 있었다. 쌀로 음료를 만드는 곳이었다. 쌀도 씹힌다고 해서 신기해서 먹어보았다. 정말 쌀이 씹히고 쌀 맛이 났다. 쌀 맛이라는 게 있을까 싶었는데 존재했었다. 맛이 뭐랄까 그냥 신기했다. 그리고 딱 두 입 정도까지만 맛있었다. 그 이후부터는 몸속에 잘 들어오지를 않았다. 리뷰를 보니 호불호가 좀 갈렸던 음료였다. 그래도 첫맛은 상당히 매력 있었다. 우리에게는 딱 맞는 음료는 아니었던 거로.

[19.08.15. 일본인 만나고 나서, 요미.]

곳곳에 길거리 공연이 펼쳐졌다. 길거리 공연은 언제나 즐겁다. 이런 흥겨운 분위기를 우리는 원했다. 다들 너무 실력자들이라서 어느 순간 빠져들게 된다. 우리는 숙소로 돌아가는 길에 어떤 아주머니의 길거리 공연을 봤는데 그게 정말 기억에 남는다. 노래 실력을 떠나서 이분은 두성으로만 노래를 부르고 계셨다.

정말 말 그대로 머리에서 목소리가 튀어나오는 느낌이었다. 마이크를 머리에서 한참 띄어서 부르셨는데 정말 신기하고 소름 끼쳤다. 그러면서 웃기고 재밌었다. 따라 하려고 했는데 아무리 해도 머리에서 소리가 나오지는 않았다. 진귀한 광경이었다. 이렇게 짧은 시드니 밤거리 투어 같은 산책을 마치고 숙소로 돌아와서 잠에 청했다. 침대가 워낙 푹신해서 빨리 잠에 들었다.

"직감이라는 것은 사실 우연이 아니고 여러 정황이 쌓이고 쌓여서 확실해지는 것 같다는 생각이 들었다."

(2) 캥거루와 코코 영접

여행에 대한 피로감이 슬슬 생길락 말락 했다. 정신적인 피로감이 아니라 육체적인 피로감이었다. 그나마 젊은 우리였기에 이만큼 버틸 수 있었다고 생각한다. 그래서 오늘은 조금 늦잠도 자고 느긋하게 하루를 시작했다.

호텔에서 매일 조식거리를 방에 비치해줘서 그걸로 아침을 대신했다. 빵을 구워먹고 시리얼을 먹었다. 3일을 똑같은 조식으로 해결했는데 매번 시리얼이 바뀌어서 좋았다. 이때의 시리얼이 그리워서 한국에서도 직구로 사 먹어 보기도 했다.

바깥 날씨는 아주 좋았다. 분명 겨울인데 더운 느낌도 들었다. 남반구 날씨는 정말 타고난 것 같다. 살기 좋은 날씨다. 오늘은 호주에 왔으니 호주에서만 볼 수 있는 동물들을 보기로 했다.

뉴질랜드에서 아쉽게 실제 키위새를 못 봤기에 이번에는 실제로 보고 싶었다. 그래서 오늘은 시드니 내에 있는 동물원에 가기로 했다. 숙소 바로 앞에는 하이드 파크라고 유명한 공원이 있었다. 그래서 우리가 묵는 호텔도 '하이드 인 파크' 였다. 공원에는 엄청나게 커다란 새들이 돌아다녔다. 동물원에서만 볼 법한 새들이 길거리에 막 돌아다니니, 자연의 세계라는 느낌이 들었다.

시드니 거리는 정말 좋았다. 걷기만 해도 힐링이 되는 기분이었다. 동물원까지는 길이 은근히 복잡했다. 무슨 호텔에 들어가서 그곳을 지나쳐야 하는 길도 있었다. 이 호텔이 생각나는 이유는 들어가자마자 뷔페인데 숙박하는 척 몰래 먹으면 충분히 먹을 수도 있겠다고 우리끼리 장난삼아 이야기했던 기억이 있기 때문이다. 그만큼 허술한 뷔페였지만 바로 이런 것이 시민 문화를 보여주는 것이 아닐까.

시드니에는 몇 개의 동물원이 있다. 우리는 시내에 있는 시드니 Zoo로 향했다. 사실 코알라를 보는 것이 주목적이었는데 이곳에서는 가까이 볼 수 있다기에 주저할 필요가 없었다. 육지 동물원과 해양 동물원이 붙어있어서 온 김에 다 보자는 생각이 들어서 더블 티켓을 구매했다. 슬슬 돈이 부족해질 시기가 왔지만 하고 싶은 것들은 다 해야 직성이 풀리는 우리이기에 통 크게 샀다.

흥미로운 동물들이 많았다. 동물을 좋아하는 나로서는 정말 행복한 시간이었다. 내가 좋아하는 악어도 있었다. 역시 멋있었다. 코스가 생각보다 다양해서 지루하지 않게 구경할 수 있었다. 캥거루는 아닌데 그냥 우리들 임의로 캥거루라고 부르기로 한 캥거루도 보았다. ('왈라비'다) 바로 눈앞에서 만날 수 있어서

반가웠다.

[19.08.16. 키위 3 + 캥거루 3]

주인공은 마지막에 등장한다고, 코스의 끝에 와서야 대망의 코알라들이 나왔다. 정말 껴안아주고 싶을 정도로 귀여웠다. 아쉽게도 다들 자고 있어서 움직이는 모습을 보지는 못했지만 자는 모습마저 너무 귀여웠다. 키울 수만 있다면 키우고 싶다.

그러면서 한편으로는 불쌍하기도 했다. 돈을 내면 코알라를 만질 수 있는 체험구간이 있었는데, 잠자는 코알라를 손님이 올 때마다 강제로 깨워서 만지게 했기 때문이다. 이것이 동물원에 갇힌 동물이 사는 인생의 현실인가. 자연에서 험난하지만, 자유의지대로 살 것인가 아니면 동물원에 갇혀서 통제받으며 살지만 안정되게 살 것인가. 그러면서 괜히 나의 삶도 돌아보게 되었다. 험난한 자유의 길이냐 안일한 통제의 길이냐.

[19.08.16. 잠자는 코알라.]

귀여웠던 코알라를 뒤로하고 우리는 점심을 먹기 위해 근처를 돌아다녔다. 멀리는 가지 못했는데 이어서 해양 동물원도 가야 했기 때문이다. 맛집이 많았지만, 점심은 간단히 먹기로 했다. 점심 특별 메뉴를 파는 카페를 만나서 여기서 끼니를 해결했다. 나는 아직도 연어에 대한 향수에 젖어 있었기 때문에 연어 토스트를 먹었다. 역시 연어는 언제나 옳다.

배를 채우고 다시 힘을 내서 해양 동물원으로 갔다. 육지 동물원과 비슷해서 별다른 새로운 느낌을 느끼지는 못했다. 역시 동물들은 귀여웠다. 그러나 이곳만의 매력이 있었는데 바로 작은 배를 타고 펭귄을 구경하는 코스가 있었던 것이다. 안전 교육을 받고 10여 분 동안 배를 타면서 펭귄들을 구경했다. 펭귄이

사는 곳답게 굉장히 공기가 차가웠다. 그 와중에 펭귄들은 너무 귀여웠다. 인형이라고 해도 믿을 정도의 모습이었다. 이런 펭귄들이 다이빙하고 미끄러지듯 수영을 하는 모습을 보니 아주 아름다웠다. 우리들 눈치 없이 본인들의 방식대로 놀고 사는 모습을 바라볼 수 있는 유익한 시간이었다.

[19.08.16. 연어 중독자의 끼니.]

몇 시간 동안의 동물원 투어를 마치고 밖을 나왔다. 생각보다 지치지는 않았으면서 나름 피곤했고, 또 그렇다고 시간이 많이 흐르지는 않았다. 그 와중에 우리를 반긴 풍경이 매우 아름다웠다. 무엇보다 색감이 아주 예뻤다. 그래서 대충 한 장 찍어 보았는데 정말 잘 나왔다.

참고로 우리는 같은 장면을 두 번 이상 찍지 않는다. 한 장을 찍을 때의 여러 요소를 존중하고 그것에 만족해하기 때문이다. 우리만의 나름 쿨한 원칙이다. (가끔 원칙이 깨지기도 하지만 그게 바로 원칙의 매력이니.)

[19.08.16. 인형 같지만 진짜다. 아 펭귄 말고 우리.]

오늘 계획한 것들은 다 했다. 사실 호주에서 할 것을 생각해 온 것은 캥거루와 코알라 보기와 오페라하우스에서 공연 보기가 다였다. 오페라 하우스는 내일 가는 일정이어서 오늘의 할 일은 끝난 것이다. 그렇지만 억지로 뭘 하려고 만들 필요는 없었다. 그냥 걸어 다니는 것 자체만으로도 좋았다.

남는 시간에 저녁을 뭐 먹을지 알아보았다. 강이 바로 앞에 있고 배 모양으로 돼 있는 식당이 있었다. 딱 봐도 비싼 레스토랑이었지만 가기로 했다. 찾아보니 캥거루 고기를 파는 곳이었다. 비록 오늘 캥거루를 봤지만, 그와는 다른 마음으로 맛 좀 보기로 했다. 줄 서서 먹는 곳이라길래 늦지 않게 와야겠구나

생각하고 그전까지 시간을 보내기 위해 돌아다녔다.

[19.08.16. 펭귄도 우리가 신기했나 보다.]

[19.08.16. 귀여운 동물들과 귀여운 우리.]

[19.08.16. 작품명: 하늘, 건물 그리고 바다.]

우리가 걸어갈 수 있는 강의 끝은 어디까지일까 궁금해서 강변을 따라 걸어가 보기도 했다. 별거 없었다. 사실 무슨 주택가에 가로막혀서 더는 전진할 수가 없어서 되돌아와야 했다. 우리는 이 과정에서 엄청난 에너지를 소모했다.

그래서 저녁을 먹기 전에 간단하게 요깃거리를 먹을 필요가 있었다. 저녁이 비싸기도 하니 배 채우러 가지는 말자는 생각도 있었다. 시내 중심에 복합 쇼핑몰이 크게 있었다. 우리는 여기에 들어갔다. 정말 다양한 음식점들이 우리를 기다리고 있었다. 그러다가 마라탕을 파는 곳을 발견했다.

우리 셋 다 한국에서 한 번도 먹어보지 못한 음식인데, 한창 인기 있을 때였다. 이왕 먹는 거 호주에서 먹어보자는 마음으로 먹어보았다. 그 당시 한국

에서는 마라탕 붐이 일어날 때였는데 왜 사람들이 그렇게 열광했는지 알 것 같은 맛이었다. 중독적인 매력이 있었다. 매운 음식을 잘 먹지 못하는 나조차 매콤하게 먹을 수 있는 맛이었다. 그래서 우리는 나중에 여기 또 오게 된다.

그런데 마라탕보다 더 레전드인 음식을 만났다. 바로 CoCo 카페다. 친절한 베트남계 직원들이 우리를 반겨주었다. 우리가 무슨 메뉴를 먹을지 고민하니까 어떤 여자 직원이 우리에게 숨은 메뉴를 알려줬다. 직원들만 아는 메뉴라고 했다.

실제로 메뉴판에 있지도 않았다. 나는 믿고 그것을 주문했다. 그게 정말 맛있었다. 혹시나 여기를 가게 된다면 Dragon Fruit으로 해달라고 하면 된다. 7.80불 정도이다. 나중에 또 이것만 먹으러 라도 시드니에 가고 싶은 맛이다. 이곳 역시 시드니 여행을 하면서 또다시 오게 되는 장소가 된다. 우리는 세 번 방문했다. 심지어 코코는 와이파이도 잘 터진다. 우리는 여기서 서로 찍었던 사진들을 공유하고 휴식의 시간을 많이 가졌다. 코코에 많은 빚을 졌다. 그만큼 생각나는 우리만의 시드니 랜드마크다.

이렇게 먹었는데도 배가 부르지는 않았다. 강 끝까지 걸어가는 게 상당한 에너지를 필요로 했나 보다. 우리는 근사한 식당으로 저녁을 먹으러 갔다. 딱 보기에도 정말 고급 식당인 것 같은 분위기가 풍겼다. 다행히 대기하는 사람은 없어서 바로 자리를 안내받을 수 있었다. 우리는 먹고 싶던 캥거루 고기와 인기메뉴인 굴 요리를 시켰다.

아까까지만 해도 캥거루를 정말 귀엽게 봤었는데 이제 이를 먹는다고 생각하니 미안하기는 했으나 어쩔 수 없는 인간의 세계에 살고 있으니… 먹는 김에 맛있게 먹기로 했다. 실제로도 정말 맛있었다. 총 150불 정도 들었다. 바깥 풍경도 어둑하니 예뻐서 분위기에 취하기도 했다.

밥을 먹고 나오니 주변은 아주 어두워졌다. 저 멀리 건물에서 불빛들이 반짝이는데 야경이 끝내줬다. 식당에 들어갈 때만 하더라도 사람들이 거리에 많지 않았는데 이제는 북적북적하다. 사람이 많이 몰리는데는 이유가 있다. 무엇보다 우리의 눈을 아름다움에 젖게한다. 또한 여러 재능있는 사람들이 묘기를 부린다. 길거리 마술을 하는 사람도 있었고 공중부양 묘기를 선보이는 사람도 있었다. 어쩌다가 우리는 공중부양의 함정을 발견해버렸다. 신기하면서 단순한 원리였다.

[19.08.16. 보는 것처럼 예쁜 맛이다.]

행복하게 시간을 보내는 사람들을 보며 우리 또한 여러 감성에 젖었다. 여러 사진도 남겼는데 맘에 든다. 핸드폰을 삼각대에 저 멀리 두고 사진을 찍을 때는 누가 우리의 핸드폰을 가져가지 않을까 걱정이 되기도 했으나 다행히 아무도 건드리지 않았다. 핸드폰을 멀리 두고 이를 등져서 사진 찍을 때가 가장 걱정이었다.

밤에는 우리 스타일대로 돌아다니며 놀았다. 게임장도 있길래 한번 들어가 보았다. 우리나라 게임장과 별 다를 건 없었다. 조금 다른 것이 있다면 게임마다 동전을 넣어서 하는 우리나라와 달리 여기는 전용 카드를 사서 돈을 충전해야지 게임을 할 수 있었다. 아마 우리나라도 이런 곳이 있기는 할 터이다. 우리 세 명 모두 게임을 즐기는 편이 아니라서 엄청나게 호기심이 발동해서 이것저것 해보거나 그러지는 않았다. 철권을 만나서 조금 반가운 마음에 몇 판 해본 것이 끝이다.

[19.08.16. KO 당하다.]

게임장 투어를 마치고 돌아다니다 보니 놀이터를 발견할 수 있었다. 진짜 아이들을 위한 놀이터였다. 여행하며 지금까지 총 3개의 놀이터를 보았다. 그런데 이번 놀이터는 규모가 상당히 컸다. 지금 생각해보면 유격 장애물 같은 것들도 몇 가지 있었던 것 같다. 집라인 같은 것도 있고, 장애물 극복 기구들이 여러 개 있었다. 그중에 정말 무섭게 생긴, 높은 그물 구조물이 눈에 띄었

다. 이것을 보고 가만히 지나칠 우리가 아니다. 우리는 이 그물을 정복하기 위해 올라갔다. 생각보다 무서웠다. 그렇지만 끝까지 올라갔고 정상을 정복할 수 있었다.

[19.08.16. 시드니 야경.]

높이 올라갔을 때의 장점은 다시 내려올 수 있다는 점이다. 어쩌면 다시 내려가기 위해 올라가는 것일 수도 있다. 그러니 혹여나 인생의 여정에서 추락하는 느낌이 들면 걱정 말자. 올라갈 길만 있는 것이다. 또 내가 정상에 있다는 생각이 들면 자만하지 말자. 곧 내려갈 수 있기 때문이다. 인생을 배워가는 놀이터였다. 솔직히 높이의 아찔함도 있었기에 후딱 내려왔다. 내려오는 게 더 무서웠다.

[19.08.16. 야경 감성 그리고 동심.]

여행의 묘미 중 하나는 일상에서도 할 수 있는 것을 가치 있게 활용하거나, 오히려 즐거운 요소로 바꾸어 놀 수 있다는 점이다. 주변에 있지만 무심코 지나쳤던 것들에 관심을 두고 재미난 놀잇거리가 되지 않을까 탐색해보게 되는 계기가 되었다.

하다못해 철봉 하나만 있어도 우리에게는 한 시간을 보낼 수 있는 즐거운 도구가 된다. 뭐든지 생각하기 나름이고, 경험하기 나름이다. 우리는 남들은 하지 못했을 법한 그런 경험을 젊은 나이에 하고 있다. 괜히 뿌듯해지는 밤이다.

"높이 올라갔을 때의 장점은 다시 내려올 수 있다는 점이다. 어쩌면 다시 내려가기 위해 올라가는 것일 수도 있다."

(3) 본다이 비치 해변과 오페라 하우스에서 웨스트 사이드 스토리

여행에 오기 전에 미리 예매해 둔 것들이 적지만 몇 가지 있다. 항공권, 인터시티버스, 그리고 오페라 하우스 뮤지컬 공연이다. 호주 시드니 하면 단연 오페라 하우스가 떠오르는데 이 오페라 하우스를 외관만 보고 가기에는 너무 아쉬울 것 같았다. 그래서 웬만하면 공연도 보고 싶었다.

우리가 가는 날짜에 하는 공연을 찾아보니 다행히 '웨스트사이드 스토리'라는 유명한 뮤지컬을 하고 있었다. 스티븐 스필버그 영화감독이 영화로도 제작하려고 하는 뮤지컬이라 더욱 흥미가 갔다. 우리는 고민 할 것도 없이 당장 예약했다. 생각보다 가격이 나갔지만, 그 와중에도 가장 싼 가격의 좌석을 골랐다. 어딘가 하니 바로 맨 뒤, 맨 구석이었다. 그렇다고 싸다고 엄청나게 싼 것은 아니었다.

싼 게 비지떡이라고 솔직히 맨 뒷자리라 아무것도 보이지 않을까 봐 걱정은 됐지만, 막상 가보니 전혀 그렇지 않았다. 생각보다 공연장이 작아서 배우들 하나하나 다 보일 정도였다. 심지어 불편함 없었다. 오히려 뒤에 사람이 없으니까 편안하고 자연스럽게 관람할 수 있었다. 다음에 또 보게 되더라도 일부러라도 맨 뒷좌석에 앉을 것 같다. 추천이다.

호주에서 맞는 두 번째 아침이 밝아왔다. 어제와 비슷한 방식으로 조식을 해 먹었다. 오늘은 오페라 하우스에 입장해야 하니 옷도 다려서 입었다. 아침에 햇살이 아주 좋아서 잠깐 하이드 파크를 거닐기로 했다. 그냥 걸어 다니기만 해도 주변이 매우 아름답다. 그냥 찍어도 잘 나오는 날씨까지 더해져서 우리는 호강했다. 우리를 바라보는 사람들도 호강했다는 말이 있다.

[19.08.17. 어떤 분수와 어떤 학교 앞에서.]

오늘 하루의 주제는 오페라 하우스였으나 공연은 저녁에 시작해서 그전까지 시간이 많이 남았다. 날이 살짝 쌀쌀하기는 했지만, 태양을 받으면 따뜻하니 아주 좋았다. 오늘은 어디를 가도 맑은 날씨 덕에 예쁠 것 같았다. 내친김에 바다를 가기로 했다. 호주 하면 바다가 빠질 수 없으니 말이다. 그나마 주변에 본다이 비치가 있었다. 이곳에서 엄청나게 멀지는 않았는데, 교통수단을 알아보기가 너무 귀찮아서 자전거를 타고 가기로 했다. 뉴질랜드 때 전기 자전거의 매력에 워낙 빠졌던 터라 우리는 바로 추진했다. 40분 정도 걸어서 가면 자전거를 빌려주는 곳이 있었다.

[19.08.17. 어떤 분수와 어떤 학교 앞에서.2]

자전거 대여하는 곳으로 걷다가 우연히 드라마 촬영 중인 곳을 지나가게 되었다. 어쩌다 보니 지나다니는 행인 역할로 엑스트라 역할까지 한 것 같다. 드라마 촬영을 눈앞에서 보니 나름 새롭고 신기했다.

NG가 나면 앞으로 나갔던 차들이 일제히 뒤로 후진하더니 멈춰 서고 다시 앞으로 가는 모습과, 모든 행인, 신문을 들고 다니는 사람, 커피를 마시다가 흘리는 사람 모두 연출된 사람이라는 사실이 인상 깊었다. 여행하러 와서 별의별 경험을 한다. 드라마 현장을 보니 문득 생각이 든 건데 사실은 우리가 지금 드라마보다 더 드라마 같은 순간을 보내고 있는 게 아닌가 하는 것이다. 그렇지만 우리의 여행에 NG는 없고, 모두 자연의 영상이다. 또 NG가 있으면 어떠리. 더 풍부해지는 드라마가 될 테니.

[19.08.17. 이 드라마의 제목을 정말 알고 싶다.]

전기 자전거를 대여하고 싶었지만, 우리가 방문한 이곳은 딱히 없는 듯해서 일반 자전거를 4시간 정도 대여했다. 본다이 비치까지 지도로 보면 그리 가깝지만은 않은 거리던데 4시간 만에 다녀올 수 있을까 싶었지만 그런 고민을 하는 순간부터 우리의 목표는 가까워지고 도전은 가능해진다. 직원분께서 친절하게 가는 길을 알려주셨다. 만만치 않다고 하셨었다.

여행은 무모함의 연속이다. 사실 인생에서 한 번도 가보지 않은 지역을 거니는 것이니 무모한 것이 곧 여행일 수도 있겠다는 생각이 든다. 그렇지만 사람들이 여행을 계속하는 이유는 낯선 곳에 대한 호기심이 끊임없이 있기 때문이고, 무슨 상황이 닥칠지 모르는 상황이 주는 일종의 쾌락이 작용하기 때문인 것 같다.

[19.08.17. 헬멧은 필수다.]

초반에는 자전거길만을 따라가면 돼서 어렵지 않았다. 그러나 거의 도착할 때쯤 되니, 마을을 구석구석 돌아다녀야 했다. 심지어 중간에는 길을 잘못 들어서 호주여자 고등학교인가에도 갔다. 멀리 계속 가다가 이상함을 눈치챈 거라 동선 손해를 좀 보았다. 축제하는 것 같은 공간도 들어갔었는데 정확히는 기

억나지 않는다.

도착지의 표지판을 보고 나서부터 길을 잃은 것인데, 다 올 때까지 온 것이 아니니 무엇을 하든지 끝을 볼 때까지 정신을 차려야겠다는 생각을 했다. 어쨌든 되게 좋게 생각하면 흥미로운 도로들을 지나다녔다. 그래도 나름 험난했다. 중간에 민성이가 넘어져서 다치기도 했다. 시간이 촉박할 때 길을 잃으면 얼마나 조마조마하는지를 알게 되었다. 4시간 대여가 계속 우리를 압박한 것이다.

그렇게 우리는 본다이 비치에 도착하였다. 그 유명한 호주의 바다에 오니 기분이 절로 좋아졌다. 바람이 생각보다 많이 불어서 쌀쌀했지만, 모래를 밟으면 따뜻해졌다. 자전거를 멀리 주차해 놓고 걸어 다녀야 해서 도난의 위험이 있었지만, 위험을 감수하지 않고서는 즐거움을 누리지 못하는 법이다.

그냥 발만 가볍게 물에 담가보고 사진 몇 장만 찍고 그랬다. 놀러 온 것이 아니라 보러 온 것이었기에 풍경을 바라보며 즐거움을 만끽했다. 무엇보다 돌아가는 시간까지 계산해야 했다. 여기까지 오는데 거의 2시간 정도 걸렸기에 가는 길도 생각했어야 했다. 슬슬 배는 고팠으나 참고 반납하러 출발했다. 10분을 위한 2시간의 여정이었다.

왔던 길 그대로 가면 확실하지만 우리는 그다지 정해진 대로 하지 않는 사람들인지라 지름길인 것 같은 생애 처음 가보는 곳으로 도박을 걸었다.

결과는 실패일 뻔 했다. 살인 같은 오르막길도 만나야 했다. 몸이 저절로 뒤로 쏠릴만한 경사였다. 거의 길을 잃었다. 난생처음 와보는 곳에서 저 먼 곳까지 가야 한다니 막막했다. 심지어 우리가 와있는 곳은 바로 앞에 건널 수 있는 다리가 있지 않으면 갈 수가 없는 곳이었다. 저 멀리 오면서 봤던 무슨

대형마트가 처량하게 우리를 기다리고 있었다.

[19.08.17. 그 유명한 바다에 그 유명한 키위들]

그러나 고전 소설처럼 언제나 조력자가 나타나기 마련이다. 다행히도 우리가 불쌍하게 있으니까 주변 착하신 외국 어르신들이 먼저 다가오셔서 길을 찾느냐고 물어보셨다. 그래서 우리는 일단 저 너머로 가야 하기에 그 대형마트를 말씀드렸더니 가는 방법을 친절하게 알려주셨다. 알려주신 대로 가니 다리가 나왔고 대형마트까지 성공적으로 갈 수 있었다.

우여곡절 끝에 자전거를 반납하였다. 시간을 정확하게 딱 지켰다. 시드니 시내를 자전거 타고 돌아다니니 새로웠다. 그리고 무엇보다 배가 너무 고팠다. 어제 캥거루 고기가 성공적이었어서 또 한국에서는 먹을 수 없는 특이한 동물들을 맛보기로 했다. 피자집에 들어갔다. 날씨가 좋아서 야외 테이블에 앉았다. 악어고기와 캥거루 고기가 들어간 피자를 두 판 주문하였다. 생각만 해도 침이 고일 정도로 굉장히 맛있었다. 악어고기는 뭔가 처음 먹어보는 스타일의 육즙이 느껴졌다. 캥거루는 신기한 냄새와 맛이 났다. 식사하면서 주변 테이블을 가끔 바라보는데 자유로운 외국 분위기가 풍겨서 좋았다.

[19.08.17. 왼쪽이 악어, 오른쪽이 캥거루]

그렇게 땀을 내고 칼로리를 충분히 뺐지만, 또 걸어 다녔다. 오페라 하우스 공연 시작 전까지 시간이 많이 남았기 때문이다. 우연히도 바로 앞에 하버 브릿지가 있었다. 여기서 돈을 내면 클라이밍 같은 것까지 할 수 있다고 들었는데 그건 좀 과한 것 같고, 대신 무료로 걸어서 갈 수 있는데 까지 올라가 보았다. 여기만 해도 경치가 죽여줬다. 완전 다리 정상에 올라 야경을 바라보면 예쁠 것 같기도 했다.

오페라하우스로 가는 길목에 정말 많은 상점이 즐비해 있었다. 지하철이 지나다니는 곳 아래에서는 사람들의 기이한 묘기들도 이어졌다. 외발자전거를 타며 물건을 계속 쌓아 올리는 묘기도 있었는데 어떻게 안 떨어뜨리지 신기했다. 세상 대단한 사람들이 정말 많다.

서서히 오페라 하우스가 보이기 시작했다. 말로만 듣던 오페라 하우스를 내 두 눈으로 보니 정말 신기했다. 주변에는 많은 사람들이 사진찍기 바빠 보였다. 오페라 하우스는 이 자체로서도 예쁘지만, 주변과의 어우러짐도 대단하다. 멀리 보이는 하버 브리지와 놀이공원 역시 아름다웠다. 매일 보고 싶은 풍경이다. 심지어 태양이 지기 시작하니 노을이 지면서 풍경이 또 바뀌기 시작했다. 보는 재미가 있는 곳이다.

어떤 시간대가 되니까 사람들이 오페라 하우스 앞에 모여들기 시작했다. 알고 보니 오페라 하우스에 조명을 비춰서 무슨 퍼포먼스 같은 것을 하고 있었다. 매일 하는 행사가 아니라는데 역시 우리는 운이 좋다. 오페라 하우스 외관을 따라 새가 날아다니고 고래가 춤을 추며 꽃이 피어나는 영상을 볼 수 있었다. 오페라 하우스 바로 아래에는 식당이 있는데 나중에 시간이 된다면 여기서 식사를 해보고 싶다. 날씨도 좋을 때 밖에서 먹으면 그야말로 행복 그 자체일 것 같다.

[19.08.17. 시드니 랜드마크는 사실.]

[19.08.17. 바로 우리.]

[19.08.17. 아무나 볼 수 없는 오페라 하우스 모습.]

들어가는 과정은 복잡하지 않았다. 짐 검사를 하고 우리는 그 누구보다 빠르게 들어왔다. 입장시간까지는 한참 남았기에 앉아서 시간을 보냈다. 배가 조금 덜 찼는지, 아니면 먹는 게 습관이 된 건지, 아무튼 커피와 빵을 사 먹었다. 언제 오페라하우스에서 이런 것들을 사 먹어 보겠나 싶기도 했다. 오페라의 어렵지만 빠져드는 맛이 났다.

때마침 우리가 앉아있던 곳 바로 옆에 뮤지컬 포토존이 생겨서 직원에게 사진을 부탁했다. 엄청나게 대충 후다닥 찍어주셔서 결과물을 별로 기대하지 않았다. 그런데 생각보다 잘 나와서 놀라기도 했다. 역시 사진의 대상이 키위들이어서 그런 것인가.

우리의 좌석은 맨 뒷자리의 맨 구석이었지만 정말 마음에 들었다. 다시 와도 이 자리에 앉을 것 같이 편안했고 좋았다. 심지어 배우들도 하나하나 다 보였다. 표정은 물론 보이지 않기는 했다. 언어의 한계로 이해를 못 한다는 단점만 있을 뿐이지 자리가 싼 구석이라고 불편하지는 않았다. 오고 가는데 오히려 편했고 뒷사람을 생각하지 않고 편안하게 공연을 관람할 수 있어서 좋았다. 자리 선점의 운까지 있는 우리 키위들이다.

[19.08.17. 정말 1초 만에 찍어준 사진.]

정말 많은 사람이 공연을 보러 왔다. 전 좌석이 사람들로 가득 찼다. 이 뮤지컬은 거리 곳곳에 홍보 깃발이 있어서 홍보를 잘하고 있는데 그만큼 사람들의 기대가 큰 뮤지컬이다. 일정 시간이 되자 오케스트라단이 등장했다. 오랜만에 느껴보는 클래식의 풍부함이 내 마음을 울렸다. 저 멀리 커다랗고 빛나는 하프를 보니 신기하고 좋았다. 공간의 구조도 울림이 잘되도록 설계된 것 같던데 역시 그랬다.

뮤지컬은 정말 재밌었다. 솔직히 모든 내용을 이해할 수는 없었지만, 분위기와 노래만 들어도 충분했다. 정말 잊지 못할 인생 경험을 했다. 이렇게 오페라 하우스에서 뮤지컬 보기 목표도 달성이다.

밖에 나왔더니 야경이 끝내줬다. 지금 이 시간에 하버 브리지에 올라가서 풍경을 바라보면 예쁠 것 같다. 그러나 우리는 조금 피곤하기도 했고, 날씨도 쌀쌀해져서 숙소로 돌아왔다.

[19.08.17.맨 뒷자리.]

이제 호주에서 온종일 놀 수 있는 날은 내일이 마지막이었다. 사실 모레도 비행기가 저녁이라서 시간이 엄청나게 많기는 했지만 여유롭지는 못하리라 판단했다. 그래서 무엇을 하면 좋을까 생각하다가 조금 먼 지역을 가보기

로 했다. 갑자기 결정된 것이라 대중교통의 힘을 빌리기는 애매했고, 이번 여행 처음으로 투어를 신청했다. 지그재그 투어를 통해 예약했는데 한국인 가이드였다. 투어는 이른 아침부터 출발해야 했기에 서둘러 잠을 청했다.

"사실은 우리가 지금 드라마보다 더 드라마 같은 순간을 보내고 있다는 것이었다. 그렇지만 우리의 여행에 NG는 없고, 모두 자연의 영상이다."

(4) 돌고래와 사막과 와인

오랜만에 아침 일찍 일어나느라 힘들었다. 평소에도 일찍 일어나기는 했으나 그건 자발적이었고, 정해진 시간에 의무적으로 일어나야 한다고 하니까 더 피곤한 기분이었다. 자유로운 삶에 대한 행복을 새삼 깨닫게 되었다. 삶을 너무 주어진 대로만 살아가는 게 아닌가 되돌아보게 되었다. 우리가 다니는 학교 시스템상 특히 그런 것 같다. 자유는 거저 주는 것이 아니라 쟁취하는 것이니 한번 노력해보겠다.

지그재그 투어사의 버스를 찾아다니는데 많은 시간 허비했다. 우리가 맞다고 생각한 곳에서 몇십 분이 지나도록 기다리고 있었는데 알고 보니 완전 정반대였다. 픽업 차량이 정확히 어디 있는지를 알려주지 않아서 그 근방을 계속 헤맸다. 단체관광이다 보니 무작정 우리를 기다려줄 수도 없는 형편인 것을 알았기에 다급하게 찾아다녔다.

결국, 출발 시각이 지났지만 우리는 버스가 있는 곳을 찾지 못했다. 이렇게 우리 여행에 NG가 나는 것인가. 급할수록 돌아가라고 선조께서 말씀하시지

않은가. 우리는 기본으로 돌아갔다. 다시 지도를 보고 현재 위치와 비교를 하며 문제점을 찾아냈다. 역시나 바로 근방이었다. 본다이 비치를 갈 때도 그러더니 도착하기 직전에 길을 잃었다. 끝까지 긴장을 풀면 안 되겠다. 정말 우연히 버스가 모여있는 곳을 발견했다.

여행사 역시 우리만큼 우리를 애타게 찾고 있었다. 다행히도 우리를 기다려준 덕분에 같이 출발할 수 있었다. 어제 급하게 예약했는데도 명단에 우리들의 이름이 잘 있는 것을 보고 세상이 참 이런 시스템이 잘 구축되었구나 하는 생각이 새삼 들었다. 늦게 온 탓에 좋은 자리는 차지하지 못했지만 애초에 차가 굉장히 불편한 차였다. 스타렉스 차였는데 공간이 엄청나게 좁고 불편했다. 의자는 뒤로 젖혀지지도 않고 수직에 가까운 각도였다. 다른 투어사들은 대형 버스던데 우리는 작은 스타렉스여서 이 점이 아쉬웠다.

보통 투어를 하면 같이 하는 사람들끼리 친해지고 그런다는데 우리 팀은 전혀 그럴 기미가 보이지 않았다. 각자가 각자의 세상에서 놀고 있었다. 이런 말 하면 조금 그렇지만 양아치 같은 무더기도 있었다. 그래서 우리도 우리들의 세상에서 놀기로 했다. 가이드께서는 재밌게 이끌어 주셨고 사진도 되게 잘, 그리고 많이 찍어주셨다. 늦은 우리에게 이런 서비스를 제공해주시니 감사하다.

투어는 크게 세 가지 주제로 진행된다. 첫 번째 행선지는 돌고래 투어였다. 이름은 기억 안 나는데 어떤 항구에 도착해서 배를 타야 했다. 배를 타기까지 시간이 조금 있어서 주변을 돌아다녔다. 호주의 바다는 정말 예쁘다. 물론 우리나라 바다도 그렇겠지만, 호주의 감성이 있다.

[19.08.19. 쉬는 시간에 잠깐.]

20분 정도 배를 타고 간 것 같다. 배 안에 다과류도 있어서 맛있게 먹으면서 심심하지 않게 갈 수 있었다. 다만 배 안은 조금 추웠다. 가다 보니 어느 순간 사람들이 웅성웅성 되기 시작했다. 바로 돌고래가 나타난 것이다. 돌고래를 어릴 때 동물원에서 한두 번 봐본 것이 다인데 이렇게 가까이에서 본 것은 처음이었다. 심각하게 귀여웠다. 심지어 동물원에 갇힌 동물이 아니라 자연에서 뛰노는 돌고래라니 신기하고 놀라웠다. 여기서 한 가지 의문이 들었던 것이 돌고래를 보는 투어인데 돌고래가 나타나지 않으면 어떡하지 하는 생각이 들었다. 뭐 거의 백 퍼센트 돌고래를 볼 수 있으니 장사를 하겠지만 말이다.

바다를 보면 마음이 넓어지는 기분이다. 그 크기로만 그런 것이 아니라, 바다의 여러 생물을 하나의 물로 품어야 하기 때문이다. 바다 같은 사람이 되어야겠다.

[19.08.18. 바다와 정말 잘 어울리는 우리.]

돌고래를 실컷 보고 배를 타고 다시 돌아왔다. 오는 길에도 자연경관이 아름다웠다.

한 청년이 혼자서 사진을 찍으려고 노력하고 있길래 사진을 찍어주겠다고 했다. 그러고 나서 그 사람은 우리도 찍어줬다. 멀리 보이는 해변에서 해수욕하는 사람도 몇 명 보였다. 휴양하기 딱 좋아 보인다.

[19.08.18. 정말 호주에 오기는 했나 보다.]

[19.08.18. 자연산 돌고래]

두 번째 행선지는 스테판 사막이라는 곳이었다. 그전에 점심을 먹으러 갔다. 해산물 뷔페였는데 맛있었다. 어색한 사람들과 동석을 하며 먹어야 했다. 굴하지 않고 많이 퍼먹었다. 생선찜이 정말 부드럽고 맛있었다.

[19.08.18. 한 청년이 찍어준 세 명의 청년.]

투어 예약을 할 때 점심까지 포함하지 않은 사람은 주변에서 알아서 먹고 와야 했다. 시간이 애매하기에 점심까지 포함하는 투어로 예약하기를 추천한다. 이제는 스테판 사막으로 떠났다. 여기서는 그 유명하다는 모래 썰매를 탈 수 있는 곳이다. 사막은 모든 차가 통행할 수 없다고 한다. 사막에서만 달릴 수 있는 전용차로 우리는 갈아타고 또 달렸다. 처음에는 평범한 도로들이 계속되었다. 그러나 어느 순간 갑자기 내가 사진으로만 봐오던 사막이 나타났다.

정말 아름다웠다. 자연이 만든 무서운 선물이라는 생각이 들었다. 바로 이런 아름다운 공간에 생명체가 피어나기 어렵기 때문이다. 아름다움에는 독이 숨어있을 수도 있으니 항상 조심해야 된다.

태어나서 처음으로 사막에 와본다. 사진으로만 봐오던 사막보다 훨씬 더 아름다웠다. 사막은 직접 눈으로 봐야 한다. 바람이 불면서 모래에 흐름을 만들어내는데 이 물결이 움직이는 게 정말 살아 움직이는 것 같다. 새로운 풍경이 뇌리에 박혔다.

소지품을 차 안에 두고 내리는 것이 현명한 방법이다. 나중에 모래 터는 일이 고생이었다. 준비를 마치고 썰매를 탔다. 타는 방법도 친절하게 알려주셨다. 문제는 타러 가는데 엄청난 모래 산을 뚫고 올라가야 한다는 것이다. 발도 푹푹 빠져서 올라가는데 힘들었다.

[19.08.18. 사막에서 소꿉놀이.]

가이드께서 많이 타야 3번 탈 수 있을 거라고 그랬는데 과연 그랬다. 참고로 주어진 시간은 30분 정도였다. 막상 정상에 올라오니 생각보다 무서웠다.

그래서 오히려 스릴 만점이었다. 한 세 번인가 탔는데 조금 물린 느낌이어서 썰매는 그만 탔다.

그래서 우리는 우리식대로 놀기로 했다. 저 멀리 무작정 달렸다. 도착해보니 바로 앞에 바다가 보였다. 생각보다 멀리까지 달려온 것이다. 이런 곳이 있었다니 달리지 않았더라면 평생 못 봤을 바다를 만나니 기분이 좋았다. 여기서 우리는 옷도 벗어 던지고 자연과 하나가 되었다. 옷에 모래가 묻는 게 걱정이 되지 않는다. 왜냐하면, 모래가 생각보다 아주 잘 털리기 때문이다. (완벽하게 털기는 힘들다.)

[19.08.18. 옷을 벗고.]

30분이 후다닥 지나갔다. 시간제한이 있어서 이 시간이 지나면 바로 타고 온 차를 타고 돌아가야 했다. 저 멀리 낙타들이 쉬고 있었다. 사진을 찍고 싶었으나 사진을 찍으면 돈을 내야 한다길래 치사해서 찍지 않았다.

[19.08.19. 하늘을 날다. 사막에서.]

투어의 마지막 코스는 와인 와이터리 농장이었다. 여기서 세 가지 종류의 와인을 맛볼 수 있었다. 와인 시음이 이 투어만의 매력인 줄 알았는데 알고 보니 이 와이터리에 가면 누구나 할 수 있었다. 대규모로 데리고 가서 시음해서 그런지 가이드는 주인장에게 되게 미안해했고 우리에게도 신속하게 먹고 빠지라는 명령을 내렸다. 조금 웃긴 상황이었다.

모스카토 와인이라고 화이트 와인이 있는데 달달하니 정말 맛있었다. 그리고 싸게 살 수 있다길래 하나 샀다. 또 이후에는 시드니 복합쇼핑몰에서도 유명한 펜폴즈 와인을 샀다. 역시 요즘 와인은 호주 와인이다. 달짝지근하면서 접근하기 좋다. 와이너리 바깥 풍경은 정말 자유로운 분위기였다. 투어가 아니었다면 여기서 와인 한잔하며 온종일 시간을 보냈을 것이다.

[19.08.18. 우리가 시음한 와인들]

[19.08.18. 우리가 와서 평화로워진 스테판 와이너리.]

전체적인 투어는 만족이었다. 다만 아쉬운 점은 차가 너무 불편했다. 중간에 휴식시간도 가지기도 해서 그나마 다행이었다. 도착하니 저녁이 되었다. 시드니의 밤이 또 새롭게 보였다. 그리고 생각해보니 오늘이 시드니에서의 마지막 밤이자, 우리 여행의 마지막 밤이었다. 이제 정말 끝이 다가온다.

마지막 밤은 역시 스테이크로 끝냈다. 끝까지 우리는 스테이크를 먹었다. 마지막 레스토랑에서 먹는 스테이크가 되어서 마음이 정말 아팠지만 맛있게 먹었다. 레스토랑 안의 텔레비전에서는 미식축구가 한창이었고, 여러 팬이 재밌게 시청하고 있었다. 흥미롭게도 호주와 뉴질랜드의 대결이었다.

[19.08.18. 마지막 스테이크.]

이날 아쉬운 마음을 달래기 위해 우리들의 마스코트 카페인 코코를 또 갔다. 이번에는 캐러멜 초코라떼인가 먹었다. 역시 정말 맛있었다. 와이파이도 빵빵하게 잘 터져서 최고의 공간이다. 코코가 있는 쇼핑몰에서 먹거리 쇼핑도 했다. 악어 고기와 캥거루 고기 육포를 샀다. 한국에 가져가려고 샀는데 알고 보니까 정책이 바뀌어서 육포도 가져갈 수 없었다. 사실 한 개라서 걸리지는 않겠지만 당당한 한국인이 되기 위해 한국 가기 전에 다 내 뱃속에 넣었다. 따지면 뱃속에서 한국에 간 거니까 한국에 가져간 거나 다름없다.

호주 마트에서 소고기와 양고기도 샀다. 이제 호주에서 못 먹는다니 아쉬웠기 때문이다. 저녁으로 그렇게 먹어놓고서, 숙소에서 또 맛있게 구워 먹었다. 배가 무지 불렀다.

"정말 아름다웠다 자연이 만든 무서운 선물이라는 생각이 들었다. 바로 이런 아름다운 공간에 생명체가 피어나기 어렵기 때문이다. 아름다움에는 독이 숨어있을 수도 있으니 항상 조심해야겠다."

(5) 호주에서의 개별여행 그리고 코코

아침에 일찍 눈이 떠져서 하이드 파크를 산책갔다 왔다. 숙소로 돌아와서는 매일 주어지는 음식들이 조금 질려서 연어 샌드위치를 해먹었다. 어제 장 봐 둔 훈제연어와 치즈를 이용해서 만들었는데 역시 연어 안에는 답이 있다. 문득 나중에 연어 여행기를 써보고 싶다는 생각이 들었다. 이렇게 생각이 든 이상 언젠가는 꼭 실현할 것이다.

[19.08.19. 연어 여행기, Coming Soon.]

[19.08.19. 아름다운 빛을 담았다.]

3주에 가까운 여행은 길고 길었다. 그러나 많이 짧고 짧았다. 세 명 모두 긴 시간을 똑같이 맞추어야 함께할 수 있는 여정이었다. 그래서 아무래도 이론적으로도 힘든 여행이었지만 성공적이어서 소중하고 행복한 시간이었다. 오늘이 마지막 날이고 시간이 많기도 해서 왜인지 모르겠지만, 개별여행을 잠깐 해보기로 했다. 뉴질랜드 남섬 퀸즈타운에서도 잠깐 해보았던 것을 여기서 또 하기로 했다. 그때의 외로움을 그새 망각한 것이다. 이번에는 확실하게 언제 어디서 만날지 등을 정하고 헤어졌다. 특정 시간을 정하고, 그 시간에 우리의 자랑, 코코에서 만나기로 했다.

나는 서점을 돌아다녔고 무슨 거대 쇼핑몰에서 이것저것 주워담으며 돈을 썼다. 특이한 음식도 먹었는데 도저히 묘사할 수가 없다. 이름이 궁금하다. 그리고 오페라 하우스도 또 갔다 왔다. 사람들은 여전히 많았다. 사진을 찍고 싶어서 여러 사람한테 부탁했는데 탐탁지 않은 듯 보였다. 우리 세 명이 함께 있을 때는 흔쾌히 찍어주더니, 역시 다수의 힘이 더 세다. 태양이 강하게 내리쬐어서 오히려 건물들이 더 아름다웠다. 겨울인데도 이렇게 따뜻할 수가 있다니 날씨는 정말 부럽다.

우리는 결국에는 뭉쳐 다녀야 하나보다. 성목이는 핸드폰 배터리가 죽을 위기였었어 아무것도 못 하고 벤치에서 쪽잠을 청하기도 했다고 한다. 정한 시간까지 한참 남았지만 우리는 다시 뭉치기로 했다. 그 당시에는 어려운 상황일 수는 있어도, 지나고 보면 더할 나위 없는 추억이다. 그렇게 한둘씩 코코에 모여서 한 잔씩들 했다. 코코는 레전드다.

이 쇼핑몰에서 시간이 남아서 마라탕을 또 먹었다. 배가 고팠다기보다는 먹어야 직성이 풀릴 것만 같았다. 이틀 전에 먹었던 마라탕이 정말 맛있었다. 비록 점심을 각자 해결한 상태였지만 여행의 마지막 날이기도 하니 아껴둘 배가 없어서 그냥 먹기로 했다. 그러나 그때의 맛은 아니어서 아쉬웠

다. 우리의 영어실력의 한계인지 국물을 다른 맛으로 한 것이었다. 한국에서 다시 그 맛을 찾고 싶었으나 아직은 실패다.

[19.08.19. 사실은 우리가 가는 곳이 레전드.]

이 쇼핑몰에 후쿠오카 에그타르트 가게가 있었다. 그런데 이때는 한일 관계가 최악으로 치달을 때여서 괜히 참고 참았다. 별거 아닐 수도 있는 일에 한 번 집중하면 나는 집착하는 경향이 있어서 신념을 끝까지 지키고 싶었나 보다. 지금 생각해보니 왜 그랬는지 싶다. 다시 가게 되면 코코 갔다가 들르고 싶다. 그리고 문득 일본 여행도 가고 싶다는 생각이 든다.

그동안 대중교통을 이용하지 않다가 마지막에야 지하철을 이용해야 했다. 지하철을 이용하려면 카드를 구매해야 했다. 공항을 가야 했기 때문이다. 마지막 날에 카드를 사서 아깝기는 했다. 그래도 남은 지폐들을 모조리 썼다. 한국으로 가는 여정도 환승을 하는 코스였다.

이제 시간을 잘 보내기 때문에 별생각 없이 시간을 보낼 수 있었다. 사실 우리끼리 수다를 떠는 것만으로도 시간은 금방 간다. 한국으로 오는 비행기가 에어아시아였는데 너무 저가인 나머지 어떠한 서비스도 없는 것을 보고 충격을 받았다. 물을 시켜먹으려면 돈을 내야 했다. 앞으로 다시는 이용하고 싶지 않은 항공사다. 돈을 조금 더 내더라도 이 항공사만은 피해야겠다.

그래도 우리는 웃음을 놓치지 않았고, 그렇게 여유롭게 환승도 하며 한국에 도착할 수 있었다. 그 이후 우리는 깔끔하게 딱 인사를 하고 각자 버스 리무진을 타며 헤어졌다. 질질 끌지 않는다. 또 조만간 만날 것이고 추억은 마음으로 담았기에. 잘 가시게.

[19.08.19. 이제는 비행기가 너무 익숙하다.]

"그 당시에는 어려운 상황일 수는 있어도, 지나고 보면 더할 나위없는 추억이다"

일단 떠나자 -뉴질랜드 호주로

10. 일상으로의 여행 시작

호주에서 돌고래, 사막, 와이너리 투어를 마치고 가이드께서 우리에게 하신 말씀이 있다. "내일이면 일상으로 돌아가야 해서 막막하시죠? 그럴 때 해결책이 있어요. 바로 일상으로 여행을 떠나는 거예요."

당시 우리에게 여행날짜가 조금 더 남았고, 한국에 와서도 휴가가 조금 더 남았기에 그렇게 와 닿지는 않았었다. 그러나 진짜로 일상으로 복귀하고 갑자기 이 말이 떠올랐었는데 그제야 공감이 되었다. 그래서 오늘도 여행하는 기분으로 하루를 보내려고 한다.

운수 좋은 날이라는 게 있다. 조금 이기적이거나 자만적으로 생각해볼 때, 우리들의 여행 모든 일정은 운수 좋은 날이었다. 운들이 우리에게 오는 것인지, 아니면 우리가 운을 만들어내는 것인지. 그만큼 신기하고 소중한 여행이었다. 이렇게 성공적으로, 그리고 만족스럽게 여행을 해도 되는 걸까 싶을 정도로 완

벽한 여행이었다. 부족한 게 있어야 다음에 더 열심히 준비하고 피와 살을 깎는 노력을 한다는 말이 있는데 완벽이라는 것을 겪어보니 역시 부족보다는 완벽이 좋다.

그렇지만 사실, 현실적으로 어떻게 완벽할 수가 있겠는가. 여행 중에 삐걱거릴 때도 있고 의도와 다르게 흘러갈 때도 있었다. 그렇지만 이번 뉴질랜드와 호주 여행을 좋게만 생각하고 바라보는 이유는 (우리가 워낙 긍정의 사나이들인 이유도 있지만) 인식의 차이다. 우리는 삐걱거리는 순간이 올 것 같은 느낌이 들 때 이러한 것들을 다 재미로 여겼다. 여행으로 여겼다. 돈과 시간을 써서 왔는데 (부모님의 돈) 재밌어야 하지 않겠나. 워낙 모든 것이 처음 보는 것이고, 일상생활을 하면서는 보기 힘든 순간순간들이다 보니까 더욱더 그랬던 것 같다.

이러한 생각을 하다 보니 어느새 일상에서도 여행하고 있는 우리들 자신을 만날 수 있었다. 지금 이 순간도 내 시간을 쓰고 있기에, 기왕 쓰는 거 즐겁게 보내려고 노력하는 중이다. 다시 여행의 순간으로 돌아갈 수 있다면 좋을 것 같다. 그러나 그것보다 그때의 추억을 마음에 소중하게 새긴 지금을 아끼는 것이 더 좋기도 하다. 그보다 나은 여행을 이제 또 만들어가면 되니까. 실제로 다음 여행이 우리에게는 기다리고 있다. 기대된다.

하늘을 바라보면 저 하늘은 대기들이 뒤덮여 있을 뿐 뻥 뚫려있는 우주다. 사실 매일 우주를 바라보고, 그 넓은 우주 세계에 우리는 살고 있다. 이렇게 생각하니 보잘것없는 존재구나 하는 생각보다는 괜히 웅장해졌다. 세상이 움직이는 게 신기했다.

이렇게 발전하고 사람들에 의해 가꿔진 게 기적일 따름이라는 생각도 들었다. 하다못해 열쇠 하나를 만들려고 해도 이를 위한 주조 틀이 필요하다. 그러면 그 틀을 만들기 위한 틀도 필요할 것이고, 이렇게 가다 보면 끝이 없다.

마치 닭이 먼저냐 알이 먼저냐의 질문처럼 와 닿았다. 그런데 어떻게 이런 멀쩡한 열쇠를 아무렇지도 않게 만들 수 있는 것일까.

여행 내내 우리를 따라다녔던 의문이다. 평소에 장난 반, 진심 반으로 철학적인 이야기를 자주 꺼내고는 했는데, 이런 이야기들을 자주 하다 보니까 내 생각의 폭도 확실히 넓어졌다. 그리고 한국에 돌아와서 내 책상에 앉았을 때 이런 것들에 관해 탐구해 봐야지 하는 생각도 했다. 실제로 그러고도 있다.

이처럼 여행은 남는 장사다. 확실한 투자다. 보증된 역사다. 그래서 우리는 역사를 써내려 갔다. 이것이 우리들의 여행이다. 이것이 키위다.

그나저나 애기 생일 축하해.

"이처럼 여행은 남는 장사다. 확실한 투자다. 보증된 역사다. 그래서 우리는 역사를 써내려 갔다. 이것이 우리들의 여행이다. 이것이 키위다."

끝으로

소중한 여행을 함께하고 동기부여를 계속해주며 든든한 버팀목이 되어주는 사랑하는 민성이와 성목이, 힘들 때 언제나 격려와 응원해주시고 아낌없는 지원을 계속해 주신 부모님, 그리고 읽어주신 모든 분께 감사의 마음을 전합니다.

21년 출판 이후 22년 개정판으로 다시 출판하게 되었습니다. 독자분들의 의견과 피드백을 지속적으로 받습니다. 감사합니다.

미약한 시작이었지만

창대한 도전의 발판이 되었습니다.

앞으로 더 좋은 재미와 볼거리로 돌아오겠습니다.

소통을 원하시면 아래 다양한 경로로 찾아와주시면 됩니다.

메일: aha0423@naver.com

인스타그램: John_Wick_JY

유튜브: Vegabond (https://www.youtube.com/@vegabond5867)

네이버 블로그: 악어의 꿈 (https://m.blog.naver.com/aha0423)